TATE

Chantaje y placer

ROBYN GRADY

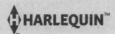
HARLEQUIN™

Editado por Harlequin Ibérica.
Una división de HarperCollins Ibérica, S.A.
Núñez de Balboa, 56
28001 Madrid

© 2008 Robyn Grady
© 2016 Harlequin Ibérica, una división de HarperCollins Ibérica, S.A.
Chantaje y placer, n.º 11 - 23.11.16
Título original: For Blackmail... or Pleasure
Publicada originalmente por Silhouette® Books.
Este título fue publicado originalmente en español en 2008

I.S.B.N.: 978-84-687-8500-4
Depósito legal: M-27923-2016
Impresión en CPI (Barcelona)
Fecha impresion para Argentina: 22.5.17
Distribuidor exclusivo para España: LOGISTA
Distribuidores para México: CODIPLYRSA y Despacho Flores
Distribuidores para Argentina: Interior, DGP, S.A. Alvarado 2118.
Cap. Fed./Buenos Aires y Gran Buenos Aires, VACCARO HNOS.

Capítulo Uno

–¡Qué coincidencia! Justo la persona a la que tenía que ver.

Donna Wilks reconoció la voz profunda y engañosamente agradable que sonaba a su espalda, y el champán se le atragantó. Se le borró el despliegue de trajes de gala que había a su alrededor. Se olvidó de que era la noche más importante de su carrera y de que de su éxito dependía que pudiera ayudar a mucha gente. Mientras se volvía lentamente, solo pensaba en una cosa: iba a enfrentarse con su pasado.

Era Tate Bridges, un magnate de la televisión australiana, el hombre que le había destrozado el corazón.

Donna trató de calmarse, lo miró a los ojos y alzó la barbilla.

–No creo en las coincidencias. ¿Qué haces aquí? –hizo una pausa para saludar a un senador que pasó a su lado–. ¿Y qué demonios quieres de mí? –le espetó.

Él arrugó su hermoso rostro fingiéndose ofendido.

–¿Después de cinco largos años? Tal vez sea demasiado esperar un beso a modo de saludo...

Ella lo interrumpió.

–Lo siento. No tengo tiempo para esto.

El encanto despreocupado de Tate no solo era fascinante, también podía ser letal. Aquel encuentro provocado había llegado a su fin.

Al darse la vuelta para marcharse, a Donna se le enganchó el tacón en la alfombra. Se tambaleó, pero unos fuertes brazos la agarraron y e hicieron que recuperara el equilibrio. La boca sensual de Tate sonrió, pero no sus ojos azules.

–Yo en tu lugar, Donna, haría un hueco para hablar conmigo.

El senador Michaels, un hombre delgado y enérgico, se había dado la vuelta.

–Lamento la interrupción –el senador miró a Tate con recelo y se dirigió a Donna–. Solo quería decirle que el número de asistentes es fabuloso. La sala de baile tiene un aspecto espectacular. Lo que se recaude esta noche no solo dará a conocer su causa en Sídney, sino que le proporcionará mucho apoyo... –dijo dándose un golpecito en el bolsillo trasero.

Mientras el senador desaparecía entre la animada multitud, Tate miró a su alrededor.

–El senador tiene razón: un formidable número de asistentes para una buena causa –dio las gracias a un camarero mientras agarraba un vermú y se puso a dar vueltas a la aceituna–. Siempre has defendido las causas sociales.

Una vez recobrado el equilibrio, Donna se apartó de la cara un mechón de pelo rubio que se le había soltado del moño.

–Si te interesa mi intento de crear casas de acogida para mujeres maltratadas, habla con mi ayudante –dijo señalando a una morena de ojos brillantes que estaba sentada con un grupo de gente al lado de un piano–. April estará encantada de apuntar tu donación.

–Hay mucho tiempo para eso.

Su boca se cerró en torno a la aceituna, miró a Donna con los ojos entrecerrados, retiró lentamente el palillo y masticó despacio.

Ella sintió como si un reguero de chispas le subiera por las piernas. Temblando, se estiró el vestido negro con la mano húmeda y apartó la mirada. Tate convertía con una facilidad pasmosa un simple gesto en un acto sensual, deliberado, seguro y sexy.

Y muy peligroso.

Solo había una cosa que la aterrorizara más que volver a enamorarse de su examante: desafiarlo.

Tras la muerte de su padre, Tate había reclamado para sí el cargo de director de la cadena de televisión TCAU16. Y en poco tiempo, sus enemigos, tanto dentro como fuera de la cadena, se habían dado cuenta de que era un hombre al que había que tener en cuenta y a quien no se le podía negar nada. Al cabo de casi una década de ganar todos sus enfrentamientos de negocios, se le conocía como el «rey de los medios de comunicación australianos», aunque ella dudaba que el título lo impresionara. Tate pensaba en cosas tangibles, como, por ejemplo, crear y consolidar su poder en todos los aspectos de su vida.

Hubo una época en que lo admiró. Aquella noche lo único que deseaba era escapar de allí.

Donna echó una ojeada a los deslumbrantes vestidos de noche y a los elegantes esmóquines que adornaban el salón de baile.

–De acuerdo –dijo con un suspiro de fatiga–. Por favor, ve al grano.

La fiesta para recoger fondos había sido organizada por la asociación filantrópica que subvencionaba el proyecto de Donna, por lo que esta no podía perder ni un momento de su tiempo, ya que todos los contactos valiosos estaban allí reunidos.

–Quiero que evites una injusticia.

A ella se le contrajo el estómago.

Su petición trataba de parecer noble y de halagarla a la vez. Aunque ella no fuera indemne a la atracción física que había entre ambos, si Tate creía que seguía siendo aquella ingenua de veintitrés años pendiente de sus palabras que había conocido, más le valía pensárselo dos veces.

–Crees que me conoces –dijo ella en voz baja y teñida de indignación–. Que si apelas a mi valentía haré lo que se te antoje.

Él se limitó a alzar una ceja y a beber un trago.

Ese mismo aire de tener derecho a todo era lo que la había cautivado muchos años antes. No había nada que la atrajera más que un hombre seguro de sí mismo, a no ser que fuera un hombre seguro de sí mismo, de constitución atlética y que hiciera el amor con un refinamiento que le cortara la respiración. El nudo que se le había formado en el estómago se cerró aún más. Bajó la vista. Le hacía daño incluso mirarlo, así que recordar...

La voz de él se alzó por encima del murmullo de la conversación y del sonido del piano.

–Mi hermano tuvo que presentarse ayer en el juzgado.

Ella negó lentamente con la cabeza mientras se percataba de por dónde iba el asunto.

–Debí de haberme imaginado que tu familia estaba detrás de esto. No, retiro lo que he dicho. Libby es un encanto. Blade es el que toma decisiones equivo-cadas, y siempre estás ahí para rescatarlo.

Tate entrecerró los ojos y le lanzó una mirada de advertencia con un mensaje claro: que no hablara de eso.

–Se le acusa de agresión.

La noticia le supuso un golpe casi físico, pero ocultó su reacción dejando la copa en la bandeja de un camarero que pasaba a su lado.

–¿Y qué quieres que haga? ¿Sobornar al juez?

Un mechón de pelo negro cayó sobre la frente de él al levantar la cabeza para seguir escuchándola con aparente interés.

Donna sintió pánico.

–Es broma, Tate.

–Por la multitud que hay aquí esta noche, veo que tienes muy buenos contactos. Soy muy capaz de so-bornar por algo tan importante.

Ella sabía que no bromeaba.

Exasperada, echó a andar abriéndose paso entre la gente y se dirigió al balcón. Necesitaba tomar el aire, pero, sobre todo, terminar aquella conversación. Las chispas sexuales ya eran suficientemente peligrosas. No quería que, además, personas importantes del Go-bierno, la judicatura o las empresas oyeran hablar de sobornos.

Abrió la puerta del balcón y lanzó una maldición en voz baja. ¿Por qué, de entre todas las noches, aquella?

Pero sabía por qué. Tate había elegido aquel mo-mento y aquel lugar para pillarla por sorpresa, para que le resultara más fácil dominarla.

Fuera, el calor húmedo del verano era insoportable, pero ella siguió adelante hasta la barandilla de piedra en la que se enrollaban las buganvillas de color rojo sangre. Como sabía que el instrumento de su perdición se hallaría justo detrás de ella, se dio la vuelta.

—Creo, francamente, que te humillarías hasta donde fuera preciso para proteger a tu familia, sin tener en cuenta de qué puedan ser culpables.

Tate se plantó delante de ella y se metió la mano en el bolsillo trasero.

—No me avergüenza reconocerlo —dijo con total sinceridad.

Donna se dijo que no debía mirar su ancho pecho, que tenía un aspecto magnífico con la camisa almidonada que se le veía bajo la chaqueta, ni oler su aroma masculino a madera de sándalo, que parecía más intenso al estar solos. En lugar de eso pensó en que los padres de Tate habían muerto nueve años antes, dejándole encargado de un adolescente rebelde y una niña triste. Entendía la necesidad de proteger a sus hermanos y, en el plano emocional, admiraba su dedicación. Pero no necesitaba recurrir a su título de Psicología para darse cuenta de que Tate se negaba a aceptar la verdad: al sacar siempre de apuros a Blade, no solo justificaba su conducta, sino que, en cierto sentido, la fomentaba.

A veces, el amor exigente era el mejor.

Donna se apoyó en una de las columnas del balcón.

—Hace tiempo que el jurado ha tomado su decisión. No pensamos lo mismo sobre Blade. Pero no quiero discutir ahora —tenía que volver con sus invitados.

A Tate, por supuesto, no le importaba el proyecto al que ella se había dedicado en cuerpo y alma en los últimos años. Para Tate Bridges, sus prioridades estaban por encima de las de los demás. Las cualidades que lo habían llevado hasta donde estaba eran la dedicación y el orgullo, además de la arrogancia.

Él dejó la copa en una repisa de la pared.

—En cuanto quede clara una cosa te dejaré que vuelvas para tranquilizar tu conciencia.

A Donna, la sangre se le heló en las venas. Frunció el ceño y lo miró a los ojos.

—¿Qué significa eso?

En los ojos de él brilló una chispa de emoción, tal vez de cinismo, no, desde luego, de preocupación.

—No nos desviemos del tema. Hablábamos de la situación de mi hermano.

Puso una mano en la columna y se inclinó hacia delante para acorralarla. Al dirigir la mirada a su boca, ella sintió un cosquilleo en los senos y una oleada de calor que le ascendía por el cuello. Él se acercó más. Cuando ella cambió de postura para apoyar la espalda desnuda aún con más fuerza en la piedra, el brillo de los ojos masculinos le indicó que él lo había advertido y que lo aprobaba.

—Voy a hacerte una pregunta —dijo él con su boca casi rozando la de ella—. Me respondes que sí y cada uno se va por su lado.

Mientras en ella se mezclaban la inquietud y el deseo, percibió un movimiento detrás de Tate. April, su ayudante, apareció en la puerta del balcón, buscándola. Donna suspiró aliviada. Estaba salvada... de momento.

Tate, al darse cuenta de que tenían compañía, se apartó de mala gana.

Al ver a Donna, April se acercó y saludó con un asentimiento de cabeza a Tate.

–La señora DeWalters te busca –dijo a su jefa–. Es mejor que no la hagas esperar. Creo que tiene una cita para cenar, por lo que debe marcharse enseguida.

Donna sintió que le temblaban las piernas. La señora DeWalters era la persona con la que había prometido hablar aquella noche. Fingió su mejor sonrisa.

–Ahora mismo voy.

Cuando April se marchó, Tate se cruzó de brazos.

–Maeve deWalters –gruño–. No creía que te relacionaras con esa sargenta.

Entre los Bridges y los DeWalters había una historia de antagonismo y resentimiento. Donna solo sabía al respecto que había afectado a Blade y a la mujer que había amado, Kristin deWalters. Pero eso nada tenía que ver con ella.

–La señora DeWalters ha mostrado interés en apoyar con una elevada suma mi proyecto –aunque la decana de la alta sociedad de Sídney fuera pretenciosa y altanera, Donna no iba a dejar que eso interfiriera en conseguir que su proyecto de casas de acogida saliera adelante–. No pienso dejar pasar esta oportunidad.

Tate bajó los brazos.

–Eso es asunto tuyo. El mío es ayudar a Blade. El juez ha pedido un examen psicológico. El lunes a primera hora nuestro abogado te mandará una carta solicitando tus servicios.

Donna sintió que le faltaba el aire y se vio atrapada. ¡Por Dios! Tenía que haberlo visto venir.

–Vamos a dejar clara una cosa. ¿Pretendes sobornarme con una donación a cambio de que el examen psicológico de tu hermano sea positivo?

–Exactamente.

Ella apretó los puños mientras un grito pugnaba por salirle de la garganta, pero se impusieron los buenos modales y el buen juicio.

–¿Cuándo vas a entender que el mundo no es tuyo, que no puedes dominarlo? No haré un informe falso. Si tu hermano es inocente, no tiene nada que temer. Pero si ha cometido un delito, debe reconocerlo y, tal vez, sufrir las consecuencias.

Los ojos azules de Tate la miraron con una emoción demasiado fría para que se la pudiera calificar de diversión.

–¿Así que crees en las consecuencias?

¡Qué pregunta!

–Si alguien no reconoce que tiene un problema, continuará cometiendo los mismos errores –Blade era un ejemplo clarísimo. Seguía siendo un exaltado, en parte porque se lo habían permitido.

Tate no movió un músculo. Su presencia dominante se amplificó y ocupó hasta el último centímetro del espacio iluminado.

–Eso significa que no quieres ayudarme.

A pesar de todo, Donna sintió compasión por él. Tate quería a su hermano con locura. No quería imaginar de lo que sería capaz con tal de proteger a Blade, o a Libby. Pero ella ni quería ni podía verse implicada, pues así lo exigían muchas más cosas que la ética profesional.

Lo intentó por última vez.

–No me gusta ver a nadie metido en un lío, pero, con veintiocho años, ya es hora de que Blade se haga responsable de sus actos –el mes anterior, ella había cumplido esa edad, y Dios sabía que había tenido que resolver varios problemas, algunos de ellos derivados de su relación con Tate. Pero había sobrevivido. Blade también lo haría–. No puedo actuar en contra de mi ética por nadie ni por ningún motivo –tomó aire y se dispuso a marcharse–. Perdona, pero tengo que irme –ya había hecho esperar demasiado a Maeve deWalters. Tenía que volver de inmediato.

–El Colegio de Psicólogos cree que lo has hecho –dijo él en voz baja.

El corazón de Donna dejó de latir. ¿Sabía que se había presentado una queja contra ella en el Colegio?

Parpadeó varias veces hasta recuperar el habla.

–Si te refieres a esa acusación ridícula...

–Los cargos por mala conducta profesional no son ridículos.

A Donna se le erizó el vello ante su tono condescendiente. La situación era tan absurda que no debería molestarse en discutir con él. Era indudable que Tate conocía sus principios mejor que nadie.

–No puedo entrar en detalles –comenzó a decir ella–, pero en los pacientes con problemas graves a veces se produce transferencia durante la terapia.

–Transferencia... cuando el paciente dirige los sentimientos que experimenta por una persona importante para él hacia el terapeuta. Se suele manifestar en forma de atracción erótica.

Un destello oscuro en su mirada masculina le indicó a Donna que debía ir con cuidado.

–¿Has estado estudiando a Freud?

–Cuando sales con una psicóloga durante un año, algo de la jerga psicológica se te acaba pegando.

Habían sido los doce meses más felices y tortuosos de la vida de Donna. Después de la ruptura se había sentido vacía y sin motivación durante mucho tiempo. Sin embargo, no lamentaba el tiempo que había pasado con Tate. Ningún hombre podía comparársele. Pero eso no implicaba que quisiera volver a recorrer ese camino agridulce por segunda vez, ni reavivar antiguos fuegos.

Retomó la conversación.

–La triste realidad es que hay un porcentaje de pacientes que creen que el terapeuta les corresponde y que se sienten traicionados cuando se dan cuenta de que no es así.

–No hace falta que hables en general. Conozco al hombre, y está convencido de que su acusación es cierta.

Donna sintió una sequedad tal en la boca que casi le impidió hablar.

–¿Lo… lo conoces?

–Jack Hennessy se presentó en la cadena y pidió hablar con el director. Dijo que tenía una buena historia y que la vendería al mejor postor, ya fuera a mi cadena o a las de la competencia. Cuando mi subordinado me dijo que había mencionado tu nombre, hablé con Hennessy en persona.

–¿Qué le dijiste?

–Le compré los derechos de la historia por cierta cantidad. El abogado de la empresa me ha confirmado que podemos presentar una versión por la que no se nos podría demandar judicialmente. Tengo la exclusiva para hacer con ella lo que me plazca.

–¿Para emitirla? –preguntó ella con los nervios agarrados al estómago.

Los índices de audiencia no podían ser el objetivo. A pesar de las venda en los ojos que se había puesto durante su relación con ella, Tate nunca le había hecho daño. De hecho, hacía lo imposible por proteger a quien quería.

Claro que su amor por ella había muerto hacía tiempo.

Tate se pasó la mano por la frente.

–Mi objetivo inicial fue dar al tipo una cantidad importante de dinero y enterrar el asunto.

Donna sintió que se le quitaba un peso de encima. Se sintió tan aliviada que casi se desmayó... de no ser por una de las palabras que Tate había dicho.

–¿Tu objetivo inicial?

–Ahora me parece que me merezco algo a cambio.

A Donna se le encendieron todas las alarmas. Así que ese era el juego. Ya lo había sospechado cuando Tate mencionó la acusación presentada contra ella en el Colegio de Psicólogos. En aquel momento se daba cuenta con total claridad de que su comentario anterior había sido fundamental para llegar al punto en que se hallaban.

–Quiero proponerte un intercambio –continuó él–. Si aceptas el encargo y mi hermano sale libre como se merece, la historia seguirá enterrada –alzó la mano–. Y antes de que me salgas con que hay que tener fe en el sistema legal, tendríamos que hablar de las estadísticas que se refieren a las personas inocentes que comparten celda con criminales que matan para conseguir calderilla para desayunar, que languidecen en la cárcel, acusados injustamente, porque los jueces, abogados y testigos ponen en marcha una maquinaria que arruina la vida de la gente. Esta acusación inventada podría traducirse en una condena a doce meses de cárcel para Blade. Que la justicia prevalece es un precioso ideal, pero no me voy a arriesgar con alguien de mi propia sangre. Mi propósito es detener esta farsa antes de que se descontrole todavía más.

A Donna se le encogió el corazón ante la lealtad y la sólida convicción de sus palabras, a pesar de que otra parte de ella, con pretensiones de superioridad moral, le decía que no había nada que justificase lo que Tate le pedía. Apretó las mandíbulas y negó con la cabeza.

–Digas lo que digas, se trata de un soborno: dame lo que quiero o atente a las consecuencias.

Los ojos azules de Tate brillaron a la luz de la luna.

–Solo se puede sobornar a quien tiene algo que ocultar. Yo en tu lugar daría gracias por la suerte que has tenido de que haya sido yo el que ha comprado la exclusiva –bajó la voz–. Hazle a Blade una evaluación positiva, Donna, y sigue con tu vida.

Un escalofrío se extendió por su piel como un sudario. Tragó saliva para que desapareciera el sabor acre que se le había formado en la boca.

–Sé cuánto quieres a tus hermanos. Siempre lo tuve en cuenta cuando hacías locuras en su nombre. Pero no me hagas esto. No puedes librar a tu familia de todos sus errores.

Tate frunció el entrecejo como si estuviera meditando su consejo. La miró a los ojos antes de encogerse de hombros y alzar la barbilla.

–Tengo mis prioridades.

Ella lo fulminó con la mirada.

–Ya una vez me dijiste cuáles eran exactamente. No voy a falsificar el informe de tu hermano, pero te prometo que lo evaluaré de manera justa.

–No me importa lo que te parezca justo. Teniendo en cuenta nuestra historia, dudo que perdieras el sueño si Blade tuviera que pasar unos cuantos meses en una celda.

Donna se irguió. ¿Acaso Tate no la conocía?

–Mi trabajo consiste en ayudar a los demás. No quiero que nadie vaya a la cárcel.

–Estoy aquí para asegurarme de que así sea –se inclinó un poco más hasta que ella sintió el calor de su cuerpo a través de la fina tela del vestido; la cabeza comenzó a darle vueltas debido a la fuerza cegadora de su voluntad–. ¿Así que no emitirás un informe positivo a no ser que puedas defenderlo? –sonrió–. Muy bien. Pasarás con Blade el tiempo suficiente, ya sea una o cien horas, para convencerte de que ha sido un incidente aislado.

Un incidente asilado en una década repleta de malas acciones era improbable. Aunque ella no basaba las evaluaciones profesionales en lo que sabía de las personas o de sus antecedentes. Su actuación era profundamente ética, incluso cuando se enfrentaba a situaciones poco éticas.

Sin embargo, en aquel momento Tate la tenía a su merced. Y el tiempo seguía corriendo. Tenía que volver adentro. La señora DeWalters no iba a esperarla eternamente y no tendría otra oportunidad de hablar con ella. Lo mejor era tranquilizar a Tate, al menos de momento.

Asintió de mala gana.

–¿Cuándo es el juicio?

La tensión de los hombros de Tate pareció relajarse.

–Dentro de dos meses.

Si ella no encontraba una salida a la situación, Tate querría que pasara con su hermano todo el tiempo disponible hasta que cediera, lo que resultaba imposible. Era mejor establecer los límites en aquel momento.

–Veré si tengo tiempo libre la semana que viene.

–Búscalo, Donna, porque si no, Maeve deWalters verá una serie de casos de mala conducta profesional en el mundo de la terapia. Claro que, si eres inocente, no tienes nada que temer.

¿Cómo se atrevía a darle la vuelta a sus palabras? Blade y ella no se hallaban en la misma situación. Cuando se demostrara que ella era inocente, el escándalo provocado por la historia sería tal que le costaría mucho encontrar fondos para su proyecto. Todo aquello por lo que había trabajado podía convertirse en humo si se arruinaba su reputación.

¡Y pensar que había estado a punto de casarse con aquel hombre!

Los años en que, pacientemente, había tratado de que la herida se cerrara se desvanecieron de repente.

–Te odio –masculló con voz temblorosa.

–Me da igual.

Donna detestaba tener que ceder. Hubiera preferido mandarlo al infierno. Pero no tenía opción.

–¿Dónde y cuándo?

Tate sacó pecho. Había ganado la batalla.

–En los estudios de la televisión, el lunes a las diez. No te retrases. Solo una cosa más.

Antes de que ella tuviera tiempo de reaccionar, su brazo de acero la tomó por la cintura.

El beso que le dio fue rápido, abrumador, profundo, con el mismo ritmo y habilidad que recordaba, pero extrañamente aumentados. Mientras la mano de él le sostenía la cabeza, volvieron los recuerdos y los años transcurridos. En aquel momento indefinible y surrealista, volvía a ser de Tate y, por increíble que pareciera, el resto no importaba. A pesar de los problemas que habían tenido, ella siempre había sentido una inmensa plenitud cuando la abrazaba.

Cuando la amaba...

Por fin se impuso la brutal realidad: dónde estaban, lo que ella había hecho. Lo empujó y consiguió separarse de él, sin aliento.

Él sonrió con superioridad y se le formó el hoyuelo en la mejilla izquierda que ella había adorado en otro tiempo. Se dio la vuelta y se dirigió a la puerta como si fuera el rey del mundo.

–Solo quería que supieras lo atractiva que resultas cuando te enfadas.

Donna, temblando de indignación y de un insoportable deseo, quiso gritarle lo arrogante que era. Pero las palabras se le quedaron en la garganta mientras él desaparecía en el salón de baile dejando las puertas del balcón entornadas. Por la abertura vio que la señora DeWalters se disponía a marcharse.

Trató de recobrar la compostura. Tenía que centrarse y entrar inmediatamente.

Se apresuró hacia el salón, pero seguía pensando en Tate: su sabor, su olor, su habilidad... Tenía que encontrar el modo de aplacarlo sin poner en peligro su integridad profesional. Y cuando aquella terrible experiencia hubiera acabado, no tendría que volver a verlo ni a besarlo, porque era lo último que deseaba.

Aunque el cuerpo, traicionándola, le susurrara otra cosa.

Capítulo Dos

El lunes, a última hora de la mañana, Tate entró como un huracán en su amplio despacho de la última planta. Cuando vio que Donna Wilks estaba sentada esperándolo, vaciló antes de cerrar la puerta.

Sin mirarla a los ojos, se aflojó la corbata y se lanzó hacia su escritorio.

–Me han entretenido.

–Solo durante una hora y dieciséis minutos.

Al ver las ligeras bolsas oscuras que tenía bajo los ojos, a Tate le remordió la conciencia, pero decidió no sentirse culpable. Aunque por su aspecto podría decirse que le vendría bien tomarse un descanso, estaba seguro de que ella no había tenido un día tan desastroso como el suyo.

Las circunstancias habían cambiado.

Ella miró el reloj, no el pequeño con cadena de oro que le había regalado cuando cumplió veintitrés años, sino uno grande y práctico con correa de cuero negro. El otro le sentaba mucho mejor.

Sin hacer caso de unos documentos que tenía que firmar antes del mediodía, Tate apoyó la cadera en una esquina del escritorio. Al mismo tiempo, Donna cruzó sus hermosas piernas y juntó las manos en el regazo. Él inspiró profundamente. ¡Qué bien olía! Como las rosas que le compraba.

–Tengo una cita a la una –le dijo ella–, así que vamos al grano. ¿Nos veremos aquí Blade y yo?

Había que volver a la realidad.

–Blade no está.

Ella lo miró durante unos instantes antes de que el rostro se le endureciera con una sonrisa desprovista de humor.

–Ya veo cómo va a funcionar este acuerdo. Me perseguirás del almuerzo a la cena, y mis pacientes sufrirán porque no podré mantener las citas –se puso de pie. Sus grandes ojos de color turquesa parecían más heridos que enfadados–. Sé que tus prioridades están por encima de las de los demás, pero ¿no podías haberme llamado por teléfono para decírmelo?

A pesar de su súplica y de la vista completa de su cuerpo ágil, Tate se mantuvo frío.

–Esta mañana las cosas se han descontrolado.

Ella agarró su portafolios.

–Me gustaría compadecerte, pero eso no tiene nada que ver conmigo.

–Te equivocas –Tate se separó del escritorio y se cruzó de brazos–. Una de las cadenas rivales ha emitido unas imágenes de la supuesta agresión de Blade como anticipo de su desarrollo posterior en el telenoticias de las seis de la tarde.

–¡Oh, no! –exclamó Donna dejándose caer en la silla.

Tate, que necesitaba quemar más energía, se dirigió al ventanal y observó los barcos del puerto.

–En las imágenes se ve a Blade lanzándose contra un cámara para evitar que lo filme. A propósito, a eso se reduce la supuesta agresión.

De todos modos, que esas imágenes se emitieran por toda la Costa Este no favorecía el estado de ánimo de Blade ni a la cadena televisiva de Tate. Este había nombrado a su hermano productor ejecutivo con plenos poderes de un nuevo programa de actualidad que se iba a lanzar unas semanas después. La competencia había visto la oportunidad de desacreditarlo y le había propinado un doble golpe. En su lugar, él habría hecho lo mismo.

–Mi abogado ha conseguido que las imágenes no se vuelvan a emitir de momento –dijo Tate dándose la vuelta–. No sabe si podremos conseguir que no lleguen al tribunal.

–Lo siento, Tate.

Él observó sus rasgos sin un solo defecto, enmarcados por la melena rubia y sintió una opresión en las costillas. Eso era lo que siempre le seducía de Donna, lo que le había tenido enganchado durante mucho tiempo: a pesar de no estar de acuerdo con los métodos o las opiniones de él, tenía buen corazón.

Pero eso no era suficiente para convencerlo de que evaluaría a su hermano de manera imparcial. Estaba casi seguro, por el contrario, que influiría en ella el pasado, sobre todo una noche, y condenaría a Blade antes de que abriera la boca.

Sin embargo, poseía la clave para convertir esa posibilidad negativa en otra totalmente positiva. Si ella se negaba a ver a Blade y, en último término, a ofrecer de él un informe positivo, se arriesgaba a que emitiera la historia de Hennessy, que podía hacerle daño.

«Soborno» era una palabra desagradable, pero, costara lo que costara, no iba a consentir que Blade pasara ni un solo día entre rejas. Después de la conversación del sábado con Donna, tenía todas las cartas en sus manos. Ella no lo desafiaría. Poca gente lo hacía.

Ella se volvió a levantar.

–¿Me comunicarás cuándo puedo ver a Blade?

–Desde luego. Digamos que este viernes a mediodía –una buena forma de empezar el fin de semana.

Lo miró fatigada. La horrorizaba su audacia a la hora de organizarle la vida.

–Tengo libre toda la tarde del viernes –dijo ella para sorpresa de Tate.

–Estupendo.

–Esto funcionará mejor si dedico a Blade sesiones muy largas, en vez de vernos a ratos.

–Creo que lo has decidido así porque, por tus horarios y tu práctica profesional, te conviene más dedicarle una tarde entera, cuando puedas disponer de ella, que verlo a ratos –siempre había sido una chica lista–. No me importa.

A pesar de lo que ella pensara de Blade, si pasaba el tiempo suficiente con él se daría cuenta de que la acusación de agresión era un incidente aislado, de que su hermano había sido provocado hasta unos extremos que ningún hombre soportaría. Cuando eso sucediera, Blade sería declarado inocente. Él no tenía intención de llevar a cabo sus amenazas, simplemente había jugado la carta más alta de que disponía.

Le gustaría tener más opciones para que el sentimiento de culpa no lo invadiera cuando bajaba la guardia. Un día, cuando Donna tuviera familia, se daría cuenta de la fuerza que puede llegar a tener el impulso de protegerla. Nueve años antes, él había recibido una trágica lección al respecto.

Mientras ella se dirigía a la puerta, observó el balanceo natural de sus caderas y de sus piernas interminables. Sintió un cosquilleo en la entrepierna al recordar el beso del sábado, la forma en que ella se había derretido durante cinco segundos, antes de recuperar el control.

Sonrió con tristeza. Seguía oliendo la fragancia que había aspirado cuando su boca poseyó la de ella por primera vez en mucho tiempo. Daría cualquier cosa por volverla a saborear.

Abandonó esos pensamientos, se apretó la corbata y la siguió para despedirla. Al salir a la recepción vio a una mujer abrazada al cuello de Donna.

–¿Qué haces aquí? –gritó su hermana mientras la soltaba–. ¡Hace siglos que no te veo!

Detrás de Donna, Libby vio a su hermano que parecía divertirse y tenía, como siempre, un aire indulgente. Se le acercó y se puso las manos en la cintura de sus vaqueros de diseño.

–Eres un sinvergüenza –le golpeó el brazo–. ¿Por qué no me has dicho que iba a venir Donna?

Mientras Libby volvía con ella, Tate se preguntó si había tenido alguna vez esa energía juvenil, incluso a la tierna edad de veintidós años. Era difícil creer que aquella fuera la misma niña de la que se había hecho cargo tras la repentina muerte de sus padres. Buena parte de la metamorfosis de Libby se la atribuía a Donna. Había sido su mejor amiga, su confidente y su hermana mayor cuando Libby más lo necesitaba.

–¿Has venido por negocios? –prosiguió Libby mientras agarraba las manos de Donna–. ¿O es una visita de carácter social? –sus ojos de color violeta lanzaban destellos mientras miraba a ambos. Se encogió lentamente de hombros y se mordió los labios–. Será mejor que me calle.

Tate, a quien había agradado la escena del reencuentro, se acercó a ellas con una expresión de falsa seriedad.

–Creo que tienes razón.

Donna no parecía tan preparada para pasar por alto el malentendido de que tal vez volvían a estar juntos. Sonrió levemente.

–No estamos saliendo, Libby.

–¿Sales con otro? –preguntó Libby decepcionada.

Tate se contuvo y no le dijo que se callara. Quería oír la respuesta.

Donna abrió la boca, pero tardó unos segundos en responder.

–El trabajo me ocupa casi todo el tiempo.

Libby le dirigió una mirada escrutadora.

–¿No sales con nadie?

Donna vaciló.

–Últimamente... no.

«Muy interesante», pensó Tate.

–Bueno, de aquí no te vas hasta que me lo cuentes todo –los ojos de Libby brillaban–. Qué haces, dónde vives –le tomó la mano y se la apretó–. Pienso en ti muy a menudo.

Agarradas del brazo, Libby se dispuso a llevar a Donna a su despacho de producción de programas infantiles.

Pero Donna la retuvo. Después de lanzar una larga mirada a Tate, sonrió a su hermana.

–¿Lo dejamos para otro momento? Volveré el viernes a mediodía. Si estás, podremos ponernos al día.

–Claro que estaré –Libby dirigió una mirada de curiosidad a su hermano–. Pero, Tate, cuando le pregunté a Blade si nos íbamos a reunir, como es habitual, al final de la semana, me dijo que el viernes teníais que ir a Queensland a localizar exteriores. Al menos eso creo que murmuró antes de salir echando chispas hace dos horas.

Tate masculló una maldición; primero, porque no quería que Donna hubiera oído en qué estado se había marchado su hermano; segundo, porque se había olvidado por completo del trabajo de localización antes de concertar la cita del viernes con ella. No podía posponerlo. Ya iban mal de tiempo para que el nuevo programa estuviera listo a comienzos de la temporada siguiente. No podía permitirse ninguna demora.

Donna se dirigió a Tate con una expresión de superioridad en su hermoso rostro.

–Supongo que tendremos que dejarlo para otro día.

Tate pensó en el rodaje, en Blade y en las ojeras de Donna, y tomó una rápida decisión.

–¿No ruedas hoy, cariño? –preguntó a Libby.

–No. El cámara está enfermo.

–Creo que te acaban de llamar por megafonía –mintió él mientras le daba unas palmaditas en la espalda.

Mirándole por detrás del hombro, Libby sonrió.

–Entiendo. Quieres hablar con Donna en privado antes de que se vaya. Un día me tratará como a una persona adulta –le dijo a Donna en un aparte.

Donna puso los ojos en blanco y se echó a reír.

—Esperemos.

Mientras Libby y Donna se despedían, Tate se pasó la mano por el pelo. No se había percatado de cuánto echaba de menos la risa de Donna, ni entendido cuánto la echaba de menos a ella, sin más. Creía haberla olvidado, y que ella también debía de haberlo olvidado.

Cuando Libby desapareció por una esquina, Donna lo miró a los ojos.

—¿Qué querías decirme? —su tono indicaba que ya había perdido demasiado tiempo, pero tenía los ojos cerrados como si tratara de ocultar el hecho de que también a ella le había afectado la reacción de Libby al volverla a ver, de reprimir los recuerdos que el encuentro había provocado. Momentos muy hermosos, aunque también los hubo malos.

Tate examinó su cara y se le aceleró el pulso.

Había seguido adelante catalogando la ruptura de su relación amorosa como una experiencia más. Pero, en aquel momento, algo distinto del instinto le indicaba que debía hacer caso de aquella excitación sexual. ¿No se suponía que el tiempo lo curaba todo?

Se aclaró la garganta y decidió lanzarse.

—Quiero que vengas conmigo a Queensland el viernes. Allí podrás ver a Blade.

Donna contrajo el rostro y luego casi se echó a reír.

—El sábado estuviste a punto de arruinarme la noche, hoy me has tenido esperando más de una hora y ahora me propones que me suba a un avión y me vaya contigo a una playa bordeada de palmeras —se dio unos golpecitos en la sien—. ¿Has perdido el juicio?

27

Pero quizá en ese momento recordó las inolvidables vacaciones que habían pasado en el norte, porque vaciló y añadió una débil excusa.

–Además, tengo un montón de citas esa mañana.

–Cámbialas.

Donna lo miró de hito en hito.

–¿No lo dirás en serio?

Tate dio la vuelta a la tortilla.

–Fuiste tú la que me dijiste que era mejor ver a Blade durante un periodo largo que a ratos.

Donna apretó los labios, igual que había hecho dos noches antes cuando él se los había recorrido con la lengua insistiendo para que le ofreciera la boca, premio que había acabado por ganar.

Parecía haberle leído el pensamiento a él.

–¿Sabes lo que te pasa, Tate? Presionas mucho y esperas demasiado.

–Una vez escribiste un artículo sobre las ventajas de la conducta asertiva –observó él.

El imán de su cuerpo lo atrajo hacia ella. Al invadir su espacio personal, los ojos de Donna se volvieron vidriosos. Era evidente que quería irse, pero él creía que había una parte de ella que deseaba quedarse.

El labio inferior de Donna comenzó a temblar.

–Sé lo que estás tramando. Intentas aprovechar el tiempo en tu propio beneficio.

Eso hizo pensar a Tate en si habría conservado el reloj que le regaló. Se lo quitaba y lo dejaba en la mesilla de noche cuando él bajaba la intensidad de las luces y la tomaba por la cintura para atraerla hacia sí.

Se acercó un poco más, se encogió de hombros y se hizo el tonto.

–No sé de qué me hablas.

–Mientras me tengas a tu servicio, piensas introducir un valor añadido.

Él se limitó a sonreír sin confirmarlo ni negarlo.

Donna tragó saliva, pero se mantuvo firme.

–Te lo advierto. La otra noche me pillaste desprevenida, pero no voy a consentir que vuelva a suceder. Lo que hace años hubo entre nosotros se ha acabado, Tate. Está muerto.

Él asintió mientras cedía a su instinto más primario y le ponía las manos en la cintura para atraerla hacia sí.

Mientras su boca se inclinaba hacia la de ella, esta echó la cabeza hacia atrás y dejó caer el portafolios. Él le agarró la nuca para sostenerle la cabeza.

Los labios entreabiertos de Donna eran los más dulces que había probado. El roce de sus senos le aceleró la sangre en las venas. De buena gana o por la fuerza, ella se había rendido. Lo sentía en el fondo de su ser.

Tal vez lo odiara, pero también lo deseaba.

Sus bocas se separaron lentamente.

–De acuerdo. Ha quedado claro: no consentirás que vuelva a suceder –murmuró él rozándole los labios y todavía acariciándola.

La mirada soñadora de Donna desapareció de repente. Se puso a temblar antes de separarse bruscamente de él. Se estiró el vestido y recogió el portafolios. Al elevar la vista seguía sin aliento.

–No juegas limpio –le espetó con voz entrecortada–. Nunca lo has hecho. Esto no cambia nada.

Él estaba muy serio.

–Si tú lo dices.

–No me trates como a una niña, Tate. Soy una mujer.

Él observó sus labios húmedos y sintió un tirón en las entrañas. La burla y la disculpa se mezclaron en su respuesta.

–Déjame resarcirte –sin duda, un día en el paraíso era un buen punto de partida.

Ella le dirigió una mirada cargada de cinismo.

–Nunca podrás hacerlo. Ni con un viaje, ni seduciéndome ni, desde luego, sobornándome.

Tate siguió mirando la puerta mucho después de que Donna hubiera desaparecido por ella, hasta que Molly, su secretaria, entró cargada de informes. Tate salió del estado de trance en que se hallaba y se dirigió a su despacho. Pero se dio la vuelta y fue al escritorio de Molly.

Le daba lo mismo que fuera juego limpio o sucio. Las únicas reglas que admitía eran las suyas. Y siempre jugaba para ganar, tanto en el trabajo como con su familia o con una mujer. Sin embargo, cinco años antes había dejado marchar a Donna.

–Molly –dijo, seguro ya de su plan–. Necesito otro billete de ida y vuelta para Queensland.

Molly se quitó el bolígrafo que utilizaba para sujetarse el pelo y tomó nota.

–¿Algo más?

–Tres noches de hotel –dijo mientras se dirigía a su despacho–. Volveré el lunes por la mañana.

Y también la señorita Wilks.

Capítulo Tres

Cuatro días después, Donna dio un salto al oír aproximarse dos voces masculinas conocidas por el sendero que unía el hotel con la piscina. Dejó el refresco en la mesita de la tumbona y rápidamente se cubrió las piernas y el bañador amarillo con un *sarong*.

Al sentirse atrapada y, había que reconocer, algo intrigada, había acabado por aceptar la «sugerencia» de Tate de que lo acompañara a Queensland. Sin embargo, a pesar de lo informal del entorno, se hallaba allí como profesional. Aunque estuviera tumbada al lado de una piscina rodeada de palmeras, había ciertas normas que era necesario mantener; y cubrirse era una de ellas.

Se volvió a estirar el *sarong* para asegurarse de que le cubría las piernas expuestas al sol, y vio a los dos hombres. Blade, vestido con unos pantalones cortos de color negro y una camisa, se sentó en la tumbona de al lado. Se rio entre dientes al verla tan relajada.

–¡Qué dura es la vida! –exclamó.

Vestido con pantalones de algodón y una camisa blanca con las mangas subidas a la altura del codo, Tate se parecía algo más a un ejecutivo de la televisión en busca de localizaciones. Acercó una silla y miró el atuendo de Donna.

–Veo que te has dedicado a relajarte mientras no estábamos.

Ella se sonrojó y apartó la mirada.

–Ha sido... agradable.

A pesar de que no había reglas estrictas sobre el lugar en que se debían mantener las entrevistas con los pacientes, sus principios éticos se estaban tambaleando. Cuanto antes se acabara aquella escapada, mejor, tanto por motivos personales como profesionales.

Cuanto más tiempo estuviera en aquel ambiente de relajación de los mares del Sur, más recuerdos la perseguirían y más defensas caerían. Cuanto menos controlara sus emociones, más necesidades físicas inaceptables padecería al estar Tate cerca de ella.

Llegó un camarero para saber qué querían tomar. Tate pidió un martini seco y Blade un zumo.

Donna se incorporó. Puesto que ellos ya habían acabado de localizar aquel día, era hora de que Blade y ella se pusieran a trabajar. Pero tenía que estar correctamente vestida. Debía recoger su ropa y sus cosas en la taquilla que el portero le había ofrecido.

Sonó la música de *Misión imposible* en un teléfono móvil. Blade se metió la mano en el bolsillo trasero. Su cara, de estructura y rasgos similares a los de Tate, se contrajo al leer el mensaje que había recibido.

–Es de nuestra hermana.

Al inclinarse hacia delante, los tendones de los antebrazos de Tate se tensaron sobre los brazos de la silla.

–¿Tiene algún problema?

–Ella no, mi coche –Blade dejó el teléfono–. Se lo presté esta mañana cuando me lo pidió. Ahora me dice que en el aparcamiento alguien le ha dado un golpe en el lado izquierdo, y que es algo más que un arañazo.

–Blade tiene un nuevo Lexus descapotable –explicó Tate a Donna–. Muy elegante.

–Pues ahora lo han abollado –concluyó Blade.

Donna suponía que Blade se pondría hecho una fiera. Pero se limitó a sonreír, se pasó la mano por el pelo, que le llegaba a la altura del cuello de la camisa, y se tumbó.

–Libby es una descarada –dijo–. El lunes me pidió las llaves justo cuando yo salía. Le dije que no poniéndome muy serio, pero ha insistido –bajó la mano que tenía sobre la frente–. Es culpa mía. Soy un imbécil. Todos lo somos cuando se trata de Libby.

Donna se dio cuenta de lo que había dicho y quiso saber más.

–¿Libby te pidió las llaves el lunes por la mañana?

–Hice lo que pude para que se percatara de que solo el hecho de habérmelas pedido me había puesto furioso. La empresa le ha proporcionado un precioso BMW, no tan caro como el Lexus, por supuesto, pero cabría suponer que estaría contenta, puesto que destrozó un Mercedes totalmente nuevo hace solo tres meses. En mi compañía de seguros van a ponerse furiosos.

Donna se mordió el labio inferior. Por eso había dicho Libby que Blade se había marchado esa mañana hecho una furia; no porque hubiera visto las imágenes, sino porque había fingido una dureza que no sentía cuando su hermana le había apretado las clavijas para que le prestara el descapotable.

Prefería pensar que Libby era una descarada a que siguiera siendo la adolescente introvertida que había conocido. Y, a pesar de todo, se sintió aliviada al comprobar el sentido del humor de Blade. Apenas habían hablado durante el viaje, porque él había estado enfrascado en sus papeles y documentos.

Pero no bastaba una instantánea de su lado más alegre. Si Blade tenía un problema de agresividad, como se alegaba en la acusación por agresión y atestiguaban otros hechos del pasado, lo descubriría pasando tiempo con él.

El camarero volvió a aparecer con una bandeja. Tate agarró su vaso. Blade iba a hacerlo cuando el camarero tropezó y le derramó el zumo en la camisa. Blade se puso en pie de un salto y se sacudió la mano mojada mientras el camarero se disculpaba.

–No pasa nada, en serio –le dijo al camarero que le trataba de secar la camisa con una servilleta. Para acabar con aquella situación, se quitó la prenda–. De todas maneras me apetecía mucho bañarme.

El camarero se retiró, y Blade, antes de dirigirse a la piscina, sonrió a Tate y a Donna.

–Me alegro de que por fin hayáis arreglado vuestros problemas. Siempre habéis hecho una pareja estupenda.

Mientras Blade se descalzaba y se tiraba al agua, Donna se puso colorada hasta las orejas. Tate y ella no estaban juntos ni volverían a estarlo.

Por suerte, Tate no hizo ningún comentario al respecto.

–Mi hermano se ha convertido en un hombre del que estoy orgulloso –se limitó a decir.

Donna estaba en parte de acuerdo con él por lo que acababa de presenciar. Pero en su profesión, además de los datos, se requería una mente curiosa y analítica. No podía desechar la posibilidad de que el mensaje telefónico o el incidente con la bebida, o tal vez los dos, hubieran sido puro teatro para demostrar el carácter pacífico de Blade. Creía que Tate era capaz de cualquier cosa, por lo que, a pesar de sus dudas, no podía permitirse el lujo de tomarse a la ligera la amenaza de soborno.

Mientras observaba a Blade haciendo largos en la piscina con brazadas relajadas y poderosas, Donna siguió reflexionando, pero en voz alta.

—Era un joven muy problemático cuando nos conocimos.

El corazón le latió con fuerza. No debía haber dicho aquello, por muchas razones. Los cinco años anteriores habían pasado muy lentamente, pero, en aquel momento, con Tate sentado tan cerca de ella, «cuando nos conocimos» podría haber sido el día anterior.

Tate se cruzó de piernas.

—Blade tenía buenos motivos para ser problemático. Estaba enamorado de una chica con la que se quería casar. Entonces, la madre de ella, una bruja metomentodo, declaró que Blade no era lo bastante bueno y obligó a Kristin a aceptar la proposición de otro hombre —alzó la barbilla como si acabara de darse cuenta de que ella ya sabía todo aquello—. No sé de nadie que pueda enfrentarse a semejante situación sin perder los nervios de vez en cuando.

Donna pensó que «volverse completamente loco» definiría mejor la situación.

–Y creo que este incidente de agresión tiene relación con Kristin –había leído las notas del tribunal.

Tate asintió.

–El mes pasado, el marido de Kristin, un importante agente inmobiliario en Estados Unidos, la abandonó. En aras del sensacionalismo, corrieron rumores de que se debía a que Kristin y Blade estaban viviendo una tórrida aventura. Los medios de comunicación necesitaban declaraciones, claro está. Cuando un periodista y un cámara arrinconaron a Blade y lo bombardearon a preguntas y acusaciones, este los maldijo, apartó la cámara de su cara y se marchó de allí.

Donna llevaba varias semanas sin ver las noticias en la televisión debido al exceso de trabajo.

–Debe de ser terrible tener que preocuparse de historias que circulan y que son falsas –dijo ella.

La expresión concentrada de Tate le indicó que este no había establecido la relación entre la situación de Blade y la de ella. ¡Típico!

–Blade manejó bien la situación hasta que el imbécil del periodista le preguntó si era verdad que Kristin estaba embarazada de él, y enferma porque se negaba a verla.

–¿Dónde se enteran de esas cosas? –preguntó Donna, asqueada.

–Toman un grano y hacen un mundo de él, todo en aras de los índices de audiencia. En muchos casos los medios de comunicación no informan, sino que se inventan las noticias.

«Y que lo digas», pensó Donna.

En ese momento, Blade salió del agua. Mientras se secaba la cabeza con una toalla, dos jovencitas en bikini pasaron a su lado y lanzaron una risita tonta al mirarlo. Blade pareció no darse cuenta y se tumbó boca abajo en la tumbona.

–Parece que ha madurado –reconoció Donna.

–Eso parece una evaluación positiva –observó Tate.

–¿No te rindes nunca? –la respuesta, obviamente, era que no. Se le ocurrió otra pregunta que no era tan fácil de contestar–. Creí que se enfadaría cuando concertaste esta cita para hoy –el Blade que recordaba no quería que nadie lo ayudara.

Tate se frotó la nuca con una expresión casi dócil.

–Le dije que me habías pedido verlo en un ambiente relajado en vez de en un despacho.

Donna sintió que le faltaba el aire.

–¿No me digas que Blade cree que esto ha sido idea mía?

Tate recuperó su seguridad.

–Blade tuvo dudas cuando le dije que te había elegido para hacer su informe psicológico. Pero el encuentro de hoy ha servido para romper el hielo. Lo has visto tal como es. Y él te ha visto, así que todo va bien.

Ella trató de disimular el malestar que sentía.

–Tengo la impresión de que cuando sepa la verdad no le va a gustar. A nadie le gusta que lo manipulen, Tate.

A ella tampoco.

–Cuando todo acabe le diré la verdad.

A pesar de que Donna se sentía molesta, comprendía la forma de pensar de Tate. Muchos padres y tutores eran sobreprotectores, algunos incluso controladores. Pero ese comportamiento dominador podía volverse contra el que lo mostraba, como en el caso de la señora DeWalters. Quizá había creído que lo mejor para su hija era prohibirle casarse con el hombre al que quería, pero Maeve le había dicho el sábado anterior que llevaba años sin saber nada de ella. Eso le hizo pensar en otra joven.

–Si sigues dirigiendo la vida de Blade, me da escalofríos pensar lo que tendrá que soportar la pobre Libby –Donna le dirigió una mirada quejumbrosa–. ¿Dejas que salga con chicos?

–Solo si ha terminado de hacer los deberes –su expresión seria se evaporó–. Por supuesto que dejo que salga con chicos. Tiene veintiún años. No podría impedírselo aunque quisiera.

–Por lo que vi el lunes, la tratas como si fuera una adolescente en vez de una mujer en la veintena.

Tate parpadeó visiblemente ofendido.

–Tiene un cargo de responsabilidad en la cadena. De tanta responsabilidad que tengo que asegurarme regularmente de que no sea demasiada.

Donna no pudo por menos que sonreír.

Dirigió la vista a sus grandes manos, entrelazadas en el regazo, y sintió una punzada de deseo. Le encantaban aquellas manos, su aspecto, cómo la habían acariciado en otro tiempo, la forma en que la agarraban, con una mezcla de fuerza innata y ternura.

–Sé lo que estás pensando –dijo él.

Donna alzó la vista de inmediato, sintiéndose culpable.

–Pero no soy un dictador –observó Tate prosiguiendo con la conversación–. Soy su...

Cuando se detuvo buscando la palabra adecuada, ¿protector, defensor?, Donna le suministró una que puso la conversación en su contexto.

—Eres su hermano mayor —afirmó.

Había comenzado a darle la sombra del edificio. Ante el cambio de temperatura, sintió un escalofrío. Era hora de levantarse e irse a cambiar de ropa.

Se puso de pie y se ató el *sarong* a la nuca. Sintió que Tate no dejaba de mirarla, preguntándose, sin duda, por la subida de voltaje que se había producido entre ellos. No podía consentir que supiera que ella también lo había notado. Si veía que su determinación vacilaba, sería inmisericorde. La idea de un Tate sin piedad la preocupaba y, para ser sinceros, la excitaba.

Se quitó el sombrero y sonrió inocentemente.

—¿Cuándo es el vuelo de vuelta? —suponía que sería a última hora de la tarde, aunque tampoco sería un problema que fuera por la noche. El día siguiente era sábado y, como siempre dejaba los lunes para tareas administrativas, no tenía citas hasta el martes—. Quiero saber el tiempo de que dispongo antes de sentarme a hablar con Blade.

Él le lanzó una mirada oscura con los ojos entrecerrados, como si, mientras ella se ataba el *sarong*, le hubiera estado quitando el traje de baño mentalmente.

Se levantó despacio.

—Tenemos tiempo de sobra. Vamos a dar un paseo. No se puede caminar todos los días por el paraíso. Paso mucho tiempo sentado tras un escritorio; seguro que tú también.

Le alargó la mano mientras le dirigía una atractiva sonrisa.

El corazón de Donna comenzó a latir con fuerza. Estaba asustada, muerta de miedo en realidad, porque, si aceptaba, él podía interpretarlo como una señal de que quería que la volviera a besar. Aún le daba más miedo que una parte de ella quisiera que lo hiciera. Tate Bridges era como una droga: había tardado un siglo en estar limpia de él, pero tras volverlo a probar un poquito, tenía los nervios de punta y ansiaba probarlo de nuevo.

No se habían separado porque Tate se preocupara en exceso de Blade y Libby, sino porque se negaba a reconocer que su ambivalencia con respecto a lo que ella sentía por él la hería en lo más profundo. La noche de su fiesta de compromiso, Tate no se presentó porque estaba ocupado rescatando a Blade, que se había metido en un lío parecido a aquel con el que se enfrentaba en aquellos momentos. Fue la gota que hizo colmar el vaso.

Ella entendía que a Tate le importaran sus hermanos y la cadena de televisión, pero ¿cuánto le importaban ellos dos como pareja?, ¿o sus sentimientos hacia él, primero como su novia, después como su prometida? Su relación no habría funcionado entonces, como tampoco lo iba a hacer el volver a intentarlo en aquellos momentos, sobre todo en aquellos momentos. Pero era evidente que Tate pensaba de modo distinto.

Su deseo no era simplemente besarla.

De todos modos, era verdad que necesitaba estirar las piernas y que le vendría bien un paseo corto. Fingió una sonrisa y asintió.

—Muy bien. Será agradable pasear un rato.

No hizo caso de su mano tendida, pero, de todos modos, él le tomó la suya.

La sangre de Donna se le aceleró cuando sintió el contacto de la mano de él, fuerte y sensual, que le provocó un profundo sentimiento de nostalgia. Tate era único en todos los sentidos, un hombre nacido para mandar y conseguir sus fines a cualquier precio. Pero ella no necesitaba un héroe, sino un compañero que la quisiera de verdad; un hombre que supiera el valor del compromiso.

Por desgracia, Tate nunca sería ese hombre.

Cuando trató de retirar la mano, él pareció no darse cuenta y echó a andar. Como no estaba dispuesta a montar una escena frente a los demás huéspedes, no le quedó más remedio que seguirlo.

Tomaron un sendero bordeado de palmeras. El aire era cálido y olía a pino y a sal. Se pararon en la cima de una duna. Donna miró el mar, de un azul intenso.

Nada había cambiado: ni la vista, ni el aroma a limpio del océano. Todo era una perfecta reproducción de la última vez que habían ido a la costa.

La voz seductora de Tate no fue una intromisión en aquel entorno, sino que se fundió con él.

–Nunca hemos hablado de aquella noche.

Al comprender el sentido de sus palabras, Donna emergió de su ensoñación y sintió una dolorosa punzada de arrepentimiento. No quería hablar de eso. Sabía que se trataba de una debilidad por su parte, pero quería seguir, aunque solo fuera unos instantes, manteniendo el recuerdo de tiempos más felices.

Tate le trazó un círculo con el pulgar en la palma de la mano.

—¿Donna?

Ella se concentró en el horizonte mientras trataba de esquivar la pregunta.

—¿Qué noche?

—Lo sabes muy bien.

A pesar de la calidez del aire, sintió un escalofrío. Asintió de mala gana. Sí, sabía que se refería a la noche de su fiesta de compromiso. Todos los días que habían transcurrido desde entonces había intentado borrarla de su memoria.

—Eso forma parte del pasado —dijo con voz firme, pero no lo miró. No podía enfrentarse a la complicada comunión de almas que parecía seguirse produciendo entre los dos.

—No pude evitar el retraso —continuó él.

Luchando contra los recuerdos, Donna trató de soltarse de nuevo, pero él se dio la vuelta y le agarró la otra mano.

Ella bajó la cabeza, cerró los ojos y trató de reunir toda la fuerza moral que sentía que se le escapaba. Si lo intentaba de verdad, podría mantener esa imagen a distancia. Volver a imaginar aquella noche, recordarla, le dolía demasiado.

—Recibí los recados que me dejaste. Sé lo que pasó.

—No me devolviste las llamadas.

«No lo mires», se dijo Donna. «No te sumerjas en sus ojos azules como el mar».

—Te devolví una.

Fue a la mañana siguiente, cuando su familia y sus amigos se habían marchado con gran pesar por lo sucedido. Sus bienintencionados gestos de apoyo solo habían conseguido que la situación le resultara más dura.

Donna se puso a temblar. Volvió a ver sus expresiones de conmiseración y a sentir la vergüenza que la había devorado por dentro. Y recordó también que, al llegar a su casa, lloró hasta después del amanecer. No soportaba el peso de los recuerdos. Quería que desaparecieran, enterrarlos para siempre.

Lo había amado tanto...

Tate le soltó una mano y le alzó la barbilla. Su intensa mirada buscó la de ella.

–Tenía que hablar contigo... explicarme.

Aquello la estaba volviendo a destrozar.

–Hablamos, Tate. No había nada más que decir –sonrió con valentía–. Y no pasa nada, de verdad.

Él le había dicho que lo sentía y ella le había contestado que no bastaba. ¿Cuántas veces la había tenido esperando en restaurantes, en su piso o en el de él y, más adelante, en las citas para solucionar algo relacionado con su boda inminente? Sabía que era un hombre muy ocupado, pero no tenía en consideración sus sentimientos. Después de comprobar cómo era su vida siendo su novia y su prometida, había decidido que no quería compartirla con él como su esposa.

Después de la fiesta de compromiso, él le había dejado mensajes, había llamado a su puerta, pero ella se había mantenido firme... salvo por una desgarradora equivocación.

Trató de olvidar esa imagen.

Hasta una semana antes creía haber borrado de su mente a Tate Bridges. No debía haber ido a pasear con él, ni debía haberlo acompañado en aquel viaje.

Volvió a intentarlo.

–No hay necesidad de remover el pasado.

La voz de él se hizo más profunda.

–¿Y si quiero hacerlo?

Su insistencia debería haberle hecho daño, pero sintió la necesidad de echarse a reír.

–De verdad que eres el hombre más arrogante que conozco. Me coaccionas de la manera más descarada para que ayude a tu hermano. Me besas cuando sabes que no tienes derecho a hacerlo. Y ahora quieres... –exasperada, levantó la mano que tenía libre– no sé lo que quieres.

Los ojos masculinos brillaron en medio de las sombras que los iban envolviendo.

–Sabes perfectamente lo que quiero.

Le alzó la mano y la besó en la muñeca. Un cosquilleo de placer recorrió el brazo de Donna. Él no retiró los labios y empezó a lamerle la piel, lo que despertó en ella un deseo que procedía de lo más profundo de su ser.

El aroma de él la envolvió. Mientras su boca le subía por el brazo, con la otra mano la empujó hacia sus caderas.

Ella sintió la dureza de su masculinidad.

A pesar del placer que experimentó ante aquella gloriosa sensación, trató de soltarse.

–No, Tate.

–¿No te gusta que te abrace? ¿Ni sentir mi cuerpo contra el tuyo? –la apretó con más fuerza, y ella tuvo que morderse los labios para no llorar–. Creo que sí te gusta, que te gusta mucho.

Ella cerró los ojos, pero se negó a inclinar la cabeza y le ofreció el cuello mientras él la besaba en el hombro. Nadie volvería a hacerla sentirse así, como si no existiera nada más que la pasión y la dolorosa necesidad de satisfacerla.

Pero tenía que recordar... tenía que decírselo.

–Quería que desaparecieras de mi vida.

Él le rozó la mandíbula mientras sonreía.

–Por eso debe de ser que me devuelves los besos.

Para demostrárselo, volvió a reclamar sus labios de manera lánguida, como si pudiera tardar todo el tiempo del mundo porque supiera que ella no lo iba a rechazar. Con cada caricia, la excitación que Donna experimentaba se hizo cada vez más profunda, como si todo lo que era solo le perteneciera a él. A pesar de que debería sentirse prisionera por su fuerza, se sintió liberada.

Pero recuperó la lucidez. Estaban besándose al aire libre y encaminándose hacia terrenos más peligrosos e irreversibles. Sin embargo, no soportaba la idea de separarse de él. Se estaba tan bien así…

Le puso las manos en el pecho caliente y fuerte. Suspiró ardiendo de deseo.

–Debo de estar loca.

–Sí, de atar.

Su mano se deslizó entre los pliegues del *sarong*, y la intensidad del deseo hizo que Donna casi perdiera el juicio. Pero la seguía acosando un resto de sentido común.

Abrió los ojos y frunció el ceño.

–No me voy a acostar contigo, Tate. Vamos a volver a casa y ese será el final de los besos, las caricias y...

Con un dedo, Tate trazó un círculo encima del vértice de sus muslos. Cuando se deslizó hacia abajo, Donna gimió y olvidó lo que estaba diciendo.

¿Cómo lo hacía? Sin apenas esfuerzo, en muy poco tiempo, le había hecho olvidar todo y desearlo solo a él.

Él le acarició con la nariz debajo del lóbulo de la oreja y ella sintió un exquisito abandono.

–He reservado un bungaló que tiene un jacuzzi con vistas al mar, igual que en los viejos tiempos –dijo él.

Una deliciosa vibración se desencadenó en el centro de su feminidad y le clavó las uñas en los bíceps. No comprendía nada más que el murmullo de su voz y la magia de sus caricias. ¿Qué había dicho? Algo importante. Trató de poner en funcionamiento el cerebro.

–¿Te vas a quedar a dormir aquí?

–Nos vamos a quedar tres noches.

Lo oyó, y de algún modo fue consciente de lo que había dicho. Debería negarse, lo iba a hacer.

Por encima del bañador, él la acarició ahí; ella se apoyó en él.

–No voy a quedarme. No puedo. No… tengo ropa.

Él le rozó los labios mientras sonreía.

–Eso no será un problema.

Capítulo Cuatro

Cuando volvieron a la piscina, Donna estaba roja de vergüenza. ¡Qué deplorable falta de control! ¡Qué mal había juzgado sus propias fuerzas!

Había sido una estúpida al creer que podía demostrar a Tate que ya no lo deseaba. La verdad era que lo deseaba de manera feroz. Si la situación se hubiera prolongado un solo instante, se habrían desnudado y satisfecho mutuamente en la arena.

No hubiera sido la primera vez.

Pero, en aquel momento, mientras rodeaban juntos la piscina y la mano de Tate apretaba la suya, se le hizo un nudo en el estómago. Sintió que se ahogaba, y no paraba de tragar saliva. Él esperaba que cayera rendida a sus pies aquella noche. No le gustaría saber que, después del último beso, se había producido un cambio en ella, no en cuanto a sus sentimientos, sino porque se había impuesto la sensatez.

El bungaló era terreno prohibido para ella, por mucho que sus hormonas descontroladas le suplicaran que fuera o que Tate y sus ardientes caricias trataran de convencerla de lo contrario. Y tenía un modo infalible para lograr su objetivo.

Si no podía confiar en sí misma ni en Tate, tendría que hacerlo en Blade. No sabía qué excusa ofrecería Tate a su hermano cuando lo volvieran a ver, aunque quizá ya estuviera al corriente de su plan de pasar tres días allí.

Sin embargo, con independencia de lo que Tate dijera, ella se mantendría firme y, lo que aún era más importante, no se despegaría del lado de Blade hasta estar de vuelta a salvo en Sídney. Ya pensaría en lo que haría al día siguiente cuando llegara. En aquel momento necesitaba huir de allí, y la compañía de Blade era la única manera que tenía de hacerlo.

¡Qué raro! Cinco años antes hubiera deseado, secreta y egoístamente, que Blade Bridges desapareciera de su vida, ya que Tate siempre se apresuraba a acudir en su ayuda en todas las desventuras que le sucedían. Pero en aquel momento, lo único que quería era tenerlo cerca. De ese modo no olvidaría el pasado.

Se detuvieron junto a la tumbona en la que había estado Blade. Tate miró a su alrededor: las palmeras balanceándose con el viento, el mar azul oscuro, las sombrillas blancas… Quedaban algunas personas en la piscina, pero a Blade no se le veía por ningún lado.

Tate detuvo al camarero que le había vertido el zumo.

–¿Ha visto a mi hermano?

Donna trató de vislumbrar si estaba dentro del edificio principal. Blade también había dejado sus cosas en una taquilla, así que tal vez hubiera ido a cambiarse de ropa.

El camarero asintió.

–El señor se fue muy deprisa. Me dijo que le diera esto cuando volviera –se metió la mano en el bolsillo y le entregó un mensaje escrito.

Donna lo leyó por encima del hombro de Tate.

He recibido una llamada de teléfono urgente. Tengo que tomar el avión. Lo siento. Blade.

Donna se quedó sin suelo bajo los pies.

Blade se había marchado.

Pero mientras Tate estrujaba el papel, su mente se puso a trabajar muy deprisa. Tenía que seguir a Blade, tomar un taxi e ir al aeropuerto. Y tenía que hacerlo inmediatamente, antes de que Tate la volviera a tomar en sus brazos.

Se dirigió al camarero.

–¿Puede llamarme a un taxi para ir al aeropuerto?

Antes de que este pudiera responder, Tate, con el teléfono móvil ya pegado a la oreja, la agarró de la muñeca.

–No debes precipitarte y marcharte inmediatamente –lanzó una maldición–. Blade no contesta –marcó otro número–. Voy a llamar a Libby y... ¿Libby? ¿Qué pasa? –frunció el ceño–. ¿Has llamado a Blade? –negó con la cabeza–. No, no por el golpe del coche.

Mientras el camarero se marchaba, Donna suspiró aliviada: el asunto urgente que había obligado a Blade a marcharse no tenía que ver con Libby. Al menos podría ir al aeropuerto sin tener que preocuparse por la joven que en otro tiempo había considerado su propia hermana y que había estado a punto de serlo si se hubiera casado con Tate.

Unas semanas después de la ruptura, la había llamado varias veces y había dejado recados al ama de llaves. Pero Libby estaba de vacaciones con sus amigos y no le devolvió las llamadas. Donna supuso que no quería saber nada de ella, pero tras el maravilloso recibimiento en el despacho de Tate, se preguntaba si sus recados habían llegado a oídos de Libby.

Donna trató de que Tate la soltara, pero este, concentrado en una tercera llamada, la mantuvo agarrada con sus fuertes dedos ejerciendo una firme presión sobre su muñeca, aunque sin apretársela. Ella trató de no prestar atención a su ardiente tacto y examinó el sendero que conducía al edificio principal... y a la libertad.

Le diría a Tate, tranquila y claramente, que quería tomar el siguiente avión. Alzó la vista para mirarlo, imponente, desprendiendo magnetismo y seguridad en sí mismo en cualquier situación, y sintió un escalofrío.

¡Qué cerca había estado del desastre!

Tate, con los labios fruncidos por la preocupación, se guardó el móvil en el bolsillo del pantalón.

—Tampoco pasa nada en los estudios de televisión. Debe de ser algo personal.

Donna también se habría preocupado si no tuviera sus propios problemas. Lo mejor era resolver aquello de una vez.

—Tate, sé que lo que acaba de pasar en la playa te habrá hecho creer...

Él volvió a dirigir su atención hacia Donna y sonrió lentamente.

—Ah, sí, nuestra... conversación. Recuerdo que dijiste algo sobre la ropa —su ardiente mirada se desplazó por su garganta y por sus senos—. Me parece que ahora llevas demasiada ropa encima; los dos la llevamos.

—Si tengo que disculparme por haberte causado una impresión equivocada, lo haré, pero tú deberías disculparte por haberme tendido esta emboscada.

Él le sostuvo la mirada.

–Tenemos que hablar.

–No –ya habían hablado bastante, y el resultado habían sido susurros amorosos y sensaciones prohibidas–. Tenemos que olvidar todo esto de una vez.

–¿De qué tienes tanto miedo?

–De volver a caer en tus redes, de dejarme seducir por tu encanto para que luego vuelvas a relegarme al último puesto –«de repetirme constantemente que puedo cambiarte si me esfuerzo más», pensó–. Tú llevas exactamente la vida que querías. Pero yo no quiero encajar en ella, Tate. Quiero formar parte de... –se mordió la lengua para no decir cosas que no pretendía. Como necesitaba establecer una apariencia de distancia entre ambos, cruzó los brazos–. Entérate de una vez. Lo nuestro forma parte del pasado.

Él se echó a reír, y se le marcó el hoyuelo en la mejilla.

–Donna, el beso de antes forma parte del presente.

–No voy a negar que sigue habiendo entre nosotros cierta química sexual...

–Tomemos eso como punto de partida –se acercó más a ella.

Temblando, ella dio un paso hacia atrás.

–He tardado mucho tiempo en olvidarte. Ahora tengo mi vida. Se me respeta –y, además, se respetaba a sí misma y no tenía intención alguna de cambiar.

–Trabajas demasiado –le acarició la mejilla con el nudillo–. Necesitas descansar.

–Tienes razón. Necesito descansar, Tate... de ti y de tu forma de manipularme. Voy a tomar un taxi para ir al aeropuerto tanto si vienes como si no.

Él se encogió de hombros.

—Muy bien.

Ella contuvo la respiración mientras esperaba que continuara hablando.

—No soy de los que fuerzan a una dama a hacer algo que no quiere, Donna. Ya lo sabes.

¡Como si necesitara recurrir a la fuerza! Una caricia aquí, un toque seductor allá...

Trató de borrar la imagen de la cama de Tate, con ambos en ella, y de calmarse. La seductora boca masculina parecía resignada. De hecho, Tate parecía estar de acuerdo con la decisión que ella había tomado y sentirse tan impaciente como ella por marcharse.

Donna bajó los brazos y le sonrió de mala gana.

—Bueno, tengo que reconocer que me alegra que te lo hayas tomado tan bien.

—No desperdicio el tiempo en causas perdidas.

Donna se estremeció al sentir una punzada en el pecho. Ya había experimentado lo mismo en el pasado, y era justamente como deseaba acabar con aquello: de una vez y para siempre.

Tate echó a andar por el sendero, no el que habían tomado antes, sino otro en el que un letrero de madera indicaba el nombre del hotel.

—Voy a recoger mis cosas y nos marchamos —le dijo volviendo la cabeza.

Donna se quedó sola. La música comenzó a sonar a su espalda, las sombras del crepúsculo avanzaron y su pobre cerebro se paralizó. Iba a por sus cosas... Eso quería decir que iba a su bungaló.

De pronto se le ocurrió otra idea. Entrecerró los

ojos y sonrió lentamente. ¡Claro! Era una estratagema para dejarla allí sola, preocupada, haciéndose preguntas, de modo que acabara por seguirlo a su madriguera donde él podría...

Al final del sendero, Tate reapareció entre las palmeras. Con su maletín y una pequeña bolsa de viaje en la mano, se acercaba hacia ella con rapidez. Donna sintió que le faltaba el aire.

¡Vaya! Sí que tenía ganas de irse.

Tate no se detuvo al llegar a su lado, sino que siguió andando. Donna se tambaleó, y el alma se le cayó a los pies. Por fin, él se paró y se volvió hacia ella.

–¿Vienes?

Ella iba a murmurar algo medianamente inteligible cuando él lanzó un juramento y comenzó a deshacer el camino andado.

–Me he dejado el teléfono en la mesa –le explicó.

Ella volvió a quedarse sola. Un pájaro había comenzado a cantar y la música seguía sonando. Se sintió totalmente acomplejada. Nunca se había sentido menos atractiva, ni siquiera cuando era una adolescente larguirucha con los dientes mal colocados.

Qué presuntuosa había sido al creer que Tate Bridges pelearía por ella. Él habría pensado que tenía una oportunidad, pero era evidente que le daba lo mismo una cosa que otra. Qué ridícula al creer que todavía le seguía importando.

Movió la cabeza a uno y otro lado. Nunca le había importado como él a ella. Como aún le seguía importando, para ser dolorosamente sinceros.

Pasaron unos minutos interminables. Por fin, observó movimiento al final del sendero y vislumbró a Tate hablando por teléfono mientras paseaba entre las palmeras. Desapareció de su vista para reaparecer y volver a desaparecer.

Donna dio un paso vacilante. Si era una llamada de negocios importante o si, por fin, Tate había conseguido localizar a Blade, quién sabía cuánto tiempo estaría hablando.

El tiempo siguió pasando. Se le aceleró el pulso y las manos comenzaron a sudarle.

El corazón le dio un brinco cuando volvió a ver a Tate.

Pero de nuevo lo perdió de vista.

¡Ya estaba bien!

Bufando, echó a andar. Aquello era absurdo. Ya sabía cómo era Tate hablando por teléfono. Una vez llegó una hora tarde a un restaurante porque no había podido colgar.

Iba a decirle que se marchaba.

Vio que Tate entraba en el bungaló. Al llegar a la puerta de la cabaña de humilde aspecto, le fallaron las fuerzas. El edificio daba la impresión de estar completamente aislado, la música era un zumbido lejano; los árboles que la rodeaban formaban una pintoresca pantalla natural.

Con todos los sentidos en estado de alerta, oyó la conversación de Tate en el interior; algo relacionado con un productor de informativos que se marchaba. ¿Cuánto tiempo seguiría hablando? ¡Maldito fuera! ¿Se había olvidado de ella por completo? No permitiría que la volviera a dejar al margen.

Mientras subía los escalones vio el jacuzzi al aire

libre. El corazón se le encogió de tristeza. Una cuerda invisible tiró de ella hasta donde estaba. Se inclinó y metió la mano en el agua burbujeante.

Mango y lima con un ligero toque de jazmín...

Conocía el aroma, nunca lo olvidaría. La transportó a la que había sido la mejor semana de su vida, a una época en que Tate y ella habían sido felices, con todo el tiempo para ellos, sin problemas externos que exigieran la atención de él. Ella había creído en la pareja que formaban con todo su corazón.

Había creído en su futuro.

De pronto, algo le llamó la atención y frunció el ceño: no se oía nada. No se filtraba ninguna conversación. Tate había acabado de hablar.

No lo oyó, sino que lo presintió a su espalda. Se puso tensa y se dio la vuelta poco a poco.

Él la miró a la cara; luego su mirada descendió por su cuerpo inmóvil antes de clavársela en los ojos al tiempo que fruncía el ceño levemente.

Mientras se aproximaba lentamente a ella, Donna sintió que las piernas no la sostenían. A mitad de camino, Tate se desabrochó un botón de la camisa; luego, otro.

Donna comenzó a tomar aire muy deprisa cuando Tate, sin dejar de andar, se sacó los faldones de la camisa.

Quiso hablar, pero la voz le salió en forma de grito.

–Tate... No... Esto no es...

Se quedó sin respiración cuando él la levantó. Se encontró balanceándose en la hamaca de acero de sus brazos, contra su pecho desnudo e incitante.

–Por favor…

¿Cómo acabar la frase? ¿Por favor, no lo hagas? Si eso era lo que quería en realidad, ¿cómo es que toda su vida parecía reducirse a aquel momento?

Tras quitarse los zapatos, Tate subió los escalones de madera del jacuzzi y entró en el agua espumosa. Cuando Donna percibió que esta le mojaba las nalgas, él le miró los labios.

–No voy a besarte –murmuró Tate con voz profunda.

La insoportable expectativa en el centro de su ser se intensificó. Muy nerviosa, tragó saliva.

–¿No vas a besarme?

Su sonrisa se lo confirmó.

–Eres tú la que vas a hacerlo.

Donna volvió a tragar saliva.

–¿Ah, sí?

–Y seguirás besándome –acercó su boca a la de ella– y besándome –la acercó un poco más– y entonces…

Sintiendo que se ahogaba en él, le echó un débil brazo al cuello y lo atrajo hacia su boca entreabierta.

–Y entonces… –que Dios la ayudara– te volveré a besar.

Capítulo Cinco

El hecho de estar completamente vestidos carecía de importancia. Donna se aferró al cuello de Tate, su boca se fundió con la suya y supo que pronto se despojarían de todo: de la ropa, las inhibiciones y las dudas.

Mientras él la besaba con mayor profundidad, Donna se dio cuenta de que, en aquel momento, su historia pasada no desempeñaba papel alguno en el deseo que experimentaba por él. Si anhelar sus abrazos era un error, que lo fuera. Si desear el placer que solo su cuerpo podía darle estaba mal, no le importaba. Estaba agotada de ser «fuerte» y «buena».

Su profesión la satisfacía enormemente, pero ayudar a sus pacientes a resolver los problemas de la vida tenía un precio. En lugar de aliviar el dolor ajeno, esa noche solo deseaba acallar el suyo. Y los cuidados de Tate eran justo el bálsamo que necesitaba.

Poco a poco, Tate separó la boca de la suya y la soltó para ponerla de pie en la aromática bañera. Mientras el agua templada la masajeaba y le hacía cosquillas en los muslos, observó el fuerte pecho masculino. La camisa le colgaba de los hombros. Los dedos de Donna se morían por quitársela y saborear los efectos embriagadores de su pecho y sus brazos.

Como si le hubiera leído el pensamiento, Tate enarcó una ceja.

–Hazlo –le dijo.

Un temor de placer culpable le recorrió las venas. Con el pulso acelerado, soltó aire lentamente y le quitó la camisa, que cayó al agua y comenzó a girar con la espuma. No podía apartar los ojos de la vista cautivadora que tenía frente a ella.

El físico de Tate era aún más masculino de lo que recordaba: grandes bíceps, tensos y peligrosos, y pectorales perfectamente moldeados. El abdomen, definido por hileras de músculos bronceados, hizo que se fijara en el cinturón de cuero oscuro que descansaba en sus delgadas caderas.

–Me toca a mí –dijo él.

Se acercó a ella y la besó en la sien mientras sus dedos le deshacían sin esfuerzo el nudo detrás del cuello. Luego, sosteniendo la tela por una esquina, la apartó de su cuerpo. Se inclinó con el *sarong* para recoger su camisa y tiró ambas prendas sobre una silla.

Ella estaba frente a él, expuesta, vulnerable, viva, y él frunció el ceño, divertido.

–Todavía no estamos iguales.

Sus largas manos primero le rodearon la garganta y después se deslizaron por su espalda. Temblando ante lo que se avecinaba, Donna cerró los ojos. Se había convertido en una masa temblorosa, desesperada y ciega, y eso que él apenas la había tocado.

–Donna, abre los ojos.

¿Era una orden? En aquel momento, dijera él lo que dijera, o hiciera lo que hiciera, ella lo obedecería de buen grado.

Satisfecho porque ella lo miraba a los ojos, Tate deslizó la mirada por su garganta hasta el tirante del bañador, donde se hallaba su mano izquierda. Temerosa de que las piernas no la sostuvieran, Donna lo vio parpadear una vez antes de que la mano descendiera meticulosamente y, con ella, un lado del bañador.

Él tomó aire mientras, con los ojos entrecerrados, absorbía lo que veía. Con los dedos midió el arco inferior de su seno, comprobó el peso y le acarició el pezón con el pulgar y el índice. Una exquisita debilidad se apoderó de ella, y se aferró a sus caderas para mantener el equilibrio.

Con la misma habilidad, Tate le bajó el otro tirante y la atrajo hacia sí hasta cubrir con su boca uno de los ardientes pezones. Lo acarició en círculos con la lengua, lo chupó y lo rozó con los dientes antes de separar la boca.

Donna gimió. Su deseo de que lo volviera a hacer era frenético.

Cuando Tate la dejó de sostener por los brazos, se agachó y suspiró mientras el agua le lamía la tripa, el torso y la garganta. Se dio cuenta de que Tate se estaba quitando el cinturón y bajando la cremallera de los pantalones, hasta que los dejó caer.

Se quedó sin aliento al verlo.

Era pura perfección masculina.

Después de quitarse la última prenda que le quedaba, Tate se agachó y se acercó a ella. Al tiempo que la besaba, le bajó el bañador hasta las caderas y se lo sacó por las flexibles piernas. Las sandalias salieron al mismo tiempo que la tela amarilla.

Por fin estaban desnudos.

Gruñendo de satisfacción, él la sentó en su regazo. Con la espalda apoyada en la pared del jacuzzi, inclinó la cabeza para saborear su otro seno. Extasiada, Donna arqueó la espalda hasta que el pelo le comenzó a flotar en el agua.

Consciente de la excitación masculina que sentía entre sus piernas, ella suspiró mientras él la acariciaba donde más lo necesitaba su cuerpo. Un violento escalofrío de placer la recorrió. Temerosa de que él se distrajera, lo acarició ahí y después se incorporó hasta que sus torsos estuvieron a la misma altura. Luego lo buscó con la mano y lo encontró ardiente y duro como una roca.

—Qué suave eres —murmuró él mientras ella le acariciaba la barbilla con la mandíbula.

En respuesta, ella le mordió el labio inferior.

La magia que desprendía Tate la había llevado a un punto sin retorno; sin embargo, sabía que aquello iba en contra de todo lo que había jurado evitar. Tate le había dejado el corazón hecho pedazos. Cinco años después, había vuelto a hacer caso omiso de sus sentimientos y de su valía personal.

Pero ahí estaba ella, indefensa entre sus brazos. No quería pensar en palabras como «cuidado», «conciencia» o «culpa». Cuando se acostaba, ni una sola noche había dejado de desear el consuelo de su calor.

Ahora tenía a Tate Bridges entre sus brazos, lleno de vitalidad, conduciéndola entre arrullos a un precipicio desde donde, aquella noche, estaba dispuesta a saltar olvidándose del deber y atesorando dulces recuerdos a los que volver y con los que sonreír. Sobre todo cuando la acariciaba ahí.

—Necesitamos protección.

Sus palabras la hicieron volver de golpe a la realidad. Lo sentía tan próximo que era una tortura acceder. No había tenido más amantes después de Tate, pero, por mucho que lo deseara con desesperación, no podía dejar de tener en cuenta otras consideraciones.

Él fue el primero en moverse. La tomó de la mano y la levantó. Luego la condujo desde el jacuzzi hasta la puerta del bungaló y, de ahí, al dormitorio.

Tate agarró una toalla que estaba encima de la colcha y secó a Donna: el pelo, la garganta, los hombros, el torso… Se concentró en cada centímetro de su piel hasta que estuvo completamente seca. Una vez satisfecho, y mientras ella se mordía la lengua para no dar rienda suelta a su deseo de tirarlo sobre la cama de un empujón, se secó y dejó caer la toalla al suelo. Retiró la colcha y, sonriendo, comenzó a rodear a Donna en círculos cada vez más cerrados hasta obligarla a sentarse en la cama y a tumbarse.

Cuando ella se hubo tumbado, rebuscó en su bolsa de viaje y sacó un pequeño envoltorio cuadrado.

—No te preocupes, tengo más —dijo con voz ronca.

Donna se estremeció ante sus palabras, pero ocultó su dolor. Por supuesto que estaba preparado. Y una parte de ella se sintió halagada por su previsión. Después de todos aquellos años la seguía deseando. Y la pura verdad era que ella también lo deseaba.

Con el envoltorio en la mano, se acercó a la cama. Como si ya hubiera desperdiciado mucho tiempo, la inmovilizó debajo de él, con las manos por encima de la cabeza, y la besó en la boca. Fue como si fuegos artificiales explotaran por todo el cuerpo de ella. Muy pronto, él la tomaría. Pensarlo constituía una deliciosa agonía.

La mano de él se deslizó por la curva de su cintura y por encima de la cadera y la encontró febrilmente dispuesta. Después de ponerse el preservativo, la penetró. Ella suspiró y se movió para recibirlo mientras él le rozaba la frente con los labios.

En cuestión de segundos, el ritmo creció de manera vertiginosa.

Ella consiguió reunir el aliento suficiente para murmurarle unas palabras al oído.

—No te contengas.

Tate, con las manos sosteniendo la cabeza de Donna, sonrió ante sus palabras

—Cinco años sin ti. Este placer es un delito —murmuró.

Bajó la boca para besar sus labios entreabiertos. Cuando halló su lengua, caliente y hambrienta, la intensidad adquirió proporciones cósmicas. Ya anticipaba la vez siguiente, y la siguiente.

Donna arqueó el cuello. Apretó los muslos antes de entrelazar las piernas con las de Tate. A él le gustaría que aquello durara mucho, pero ninguno de los dos tenía poderes sobrehumanos.

Donna emitió un ronroneo que él ya conocía. Ya estaba cerca. Tate cerró los ojos cuando sintió la necesidad de sucumbir en todas las células del cuerpo.

Ella susurró su nombre, se mordió los labios y giró la cabeza a un lado y a otro. Él se concentró en las cosas tangibles, la posición, las sensaciones, y la abrazó con más fuerza.

Había llegado el momento.

Tate sintió la liberación corriéndole por las venas. Debajo de él, Donna se retorció y se aferró a él como si el mundo se estuviera derrumbando y él fuera su único punto de apoyo.

Sí, el paraíso nunca había sido tan maravilloso.

El clímax duró toda una vida… y no lo suficiente. Cuando disminuyó la palpitación de sus cuerpos, Tate despegó la cara del pelo de Donna. Tomó aire y vio que ella también sonreía, pero que sus brillantes ojos todavía albergaban dudas.

Mientras trataba de no hacer caso del sobresalto que aquello le causaba, le acarició con la punta del dedo la sien y la mejilla. La besó en la nariz.

—Bienvenida a casa.

Pero, cuando lo miró a los ojos, Donna dejó de sonreír. Parpadeó varias veces.

—No sé qué es lo que acaba de ocurrir.

—Me encantaría explicártelo en detalle –dijo él mientras enrollaba un mechón de su pelo en el dedo.

—El sexo siempre fue bueno entre nosotros. No se trataba de eso –observó ella con el ceño fruncido.

Él la besó en el hombro.

—Pues ahora no hay duda de que se trata de eso.

La voz de ella era casi firme.

—Esto no puede volver a suceder, Tate. Por muchas razones. Si se descubre que tenemos una relación mientras llevo el caso de tu hermano… –temblando, se deslizó hacia el otro lado de la cama–. No podría mirar a mis colegas a la cara, ni a mí misma.

Cuando trató de levantarse, él la obligó a volverse a tumbar y le pasó el brazo por el hombro. La apretó suavemente contra sí.

—Nadie se enterará.

—No se trata de eso. Lo que hemos hecho no es

aceptable. Para empezar, no tenía que haber permitido que me presionaras para ver a Blade.

Tate frunció el ceño. Su amenaza de soborno no había ido en serio. La historia sobre Donna nunca se hubiera emitido, pero, en aquel momento, más que nunca, no podía decírselo porque se apartaría del caso y siempre cabría la posibilidad de que su hermanos recibiera un informe negativo de otro psicólogo. Igualmente inquietante le resultaba la idea de perder el dominio que pudiera tener sobre ella.

Al principio no se había propuesto volver a meterla en su cama, a pesar de lo que Donna creyera. Aunque todavía le doliera que ella hubiera cortado la relación después de la fiesta de compromiso sin ni siquiera haber hablado con él, había llegado a aceptar, incluso de buen grado, que nunca serían marido y mujer.

Era evidente que no estaba hecho para el matrimonio y sus obligaciones de por vida. Ya tenía bastantes responsabilidades. Pero ¿renovar su relación amorosa? Eso era otra historia.

Claro que había cosas que lamentaba, pero volver a disfrutar del cuerpo de Donna, sentir que ella también lo deseaba, no era una de ellas. Donna tenía que darse cuenta de que no era su intención destrozarla con un reportaje que destruyera su reputación.

Esa semana, el investigador privado que trabajaba para él le había confirmado que ella no había tenido ningún otro amante después de romper la relación con él. La había tentado con besos robados, pero ella había mordido el anzuelo de buena gana. Las acciones eran más claras que las palabras.

Ella deseaba, tanto como él, estar allí, desnuda, juntos los dos.

La atrajo más hacia sí. Sus curvas de seda volvieron a excitarlo. No quería hablar, a no ser que fuera sobre hacer el amor.

–Vamos a desentendernos del mundo de momento –le acarició la sien–. Tenemos tres días para estar juntos. Y quiero que solo nos centremos en nosotros.

Antes de que pudiera sellar sus palabras con un beso, ella lo empujó y se levantó. Él lamentó perder su calor, pero la vista de su cuerpo desnudo lo compensó.

Sus pechos redondos subían y bajaban con su respiración irregular. La poca luz que se filtraba por una abertura de las cortinas dejaba ver sus mejillas arreboladas… ¿de un resto de placer o de angustia?

–No me escuchas, Tate. No puedo implicarme en una relación contigo, y no solo por motivos profesionales. No has cambiado. Si acaso, eres aún más testarudo. Voy a tomar ese avión –buscó una toalla y se envolvió en ella.

La adrenalina se había disparado en el cuerpo de Tate, pero controló la aceleración que experimentaba y se sentó en la cama lentamente.

–Te quedarás conmigo.

–Puede que acabe de hacer la cosa más estúpida de mi vida, pero no soy idiota.

–Tuvimos problemas en el pasado, pero esta noche podemos dar el primer paso hacia el futuro.

–Eres una roca, y las rocas no cambian.

–¿Has visto el Gran Cañón?

–No tenemos diez millones de años.

Tate sintió la irritación haciéndole cosquillas en la nuca.

–Deberías darte un respiro. Ir cargada de tanta culpa debe de ser agotador.

Ella dejó de colocarse la toalla, que se le escurría, y lo fulminó con la mirada.

–Además de haberte complacido hoy, ¿de qué más tengo que sentirme culpable?

Tate gimió. Tanto Donna como él habían aceptado graves responsabilidades personales. A veces sentía su peso con tanta intensidad que creía que se le partiría la espalda. En ese sentido, eran muy similares, pero había entre ellos una diferencia vital.

Por mucho que él intentara compensar el papel que había desempeñado en la muerte de sus padres, nunca se sentiría totalmente redimido. Pero al menos reconocía ese tormento como lo que era: sentimiento de culpa.

Su obsesivo sentido de la lealtad había contribuido a la ruptura de su relación con Donna, pero también el de ella. Se había mordido la lengua y no había hablado, pero quizá debiera haberla presionado.

–Los dos sabemos por qué estás desesperada por construir más centros de acogida –dijo bajando la voz.

Donna le sostuvo la mirada, pero luego la desvió.

–Hay escasez de viviendas, lo que significa menos opciones para las mujeres con problemas que necesitan un lugar donde vivir.

Una respuesta muy bien ensayada.

–¿Y? –preguntó él.

Donna abrió y cerró la boca antes de fingir un tono despreocupado.

–Una amiga… una amiga íntima también ha sido para mí una importante fuente de inspiración.

–Judith y tú vivisteis juntas en tu último hogar de acogida.

Abandonada cuando era un bebé, Donna había quedado a cargo del Estado. Solo había hablado de aquello con él una vez. A juzgar por cómo apretaba los labios en aquel momento, era evidente que prefería no sacar a colación aquel tema. Y mucho menos hablar de lo que Tate le dijo a continuación.

–El año que estuvimos juntos –prosiguió él–, Judith murió víctima de la violencia doméstica –vaciló–. No pudiste salvarla, Donna.

Ella hizo una mueca y cerró los ojos.

–Le dije que se mudara a mi piso, pero me contestó que no quería que corriera peligro alguno.

–Pero ¿había un refugio al que habría podido acudir?

–Todo esto ya los sabes –dijo ella, irritada.

Estaba seguro de que no lo sabía todo. Más aún, creía que Donna debería enfrentarse a ello para poder seguir juntos hacia delante.

Ella lo miró con dureza antes de forzarse a hablar.

–El padre de Judith también la maltrataba. Antes de que fuera a vivir con una familia de acogida, ella y su madre habían pasado mucho tiempo en centros para mujeres maltratadas. Tenía recuerdos terribles de la vida con grupos de desconocidos cada vez que su vida familiar estallaba en pedazos. Así que quería esperar a que hubiera una casa o un piso donde pudiera tener cierta intimidad. Pero cuando quedaba uno libre, ya se había convencido de que no tenía que abandonar a su marido –sin mirarlo, Donna se apretó la toalla a la altura del pecho–. Judith no había ido a la universidad. En esa época no tenía trabajo y se negaba a que le prestara dinero –los ojos le centellearon y luego se le llenaron de lágrimas–. ¡Ojalá no hubiera conocido a ese hombre!

Parecía que Tate estaba consiguiendo que hablara. Los últimos meses que habían estado juntos, ella se había negado a mencionar la muerte de Judith. Se había vuelto cada vez más huraña porque, según suponía él, no había podido salvar a su amiga y, por tanto, merecía ser castigada. Como una profecía autocumplida, ocho semanas después del funeral, Donna y él se habían separado.

Ella se colocó un mechón de pelo húmedo detrás de la oreja.

–Volver a hablar de esto no tiene sentido.

Tate alzó las cejas. Era ella la que estaba hablando, y el mensaje era explícito: Donna Wilks ayudaba a la gente. Donna no pudo ayudar a su amiga. Luego Donna no merecía ser feliz.

Había sido ella la que había dado el golpe de gracia a la relación y, mirando hacia atrás, tal vez había sido lo mejor. Pero ya que todo se había calmado, una fuerza los seguía manteniendo unidos: él la deseaba y ella lo deseaba. La boda ya no era el tema en cuestión. Pero podían consolarse mutuamente, cada noche si querían. ¿No era eso bueno?

–Estás cansada. Olvídate de los aviones. Vuelve aquí y relájate.

«Deja que te abrace y abrázame», pensó.

–¿Que me relaje? Eso está muy bien viniendo de alguien que pretende extorsionarme.

Tate frunció el ceño ante su mirada fatigada.

Ya habían hablado bastante.

Extendió el brazo y la tomó de la cintura. Ella lo miró con una mezcla de ira, desconfianza y deseo, y él quiso decirle: «No dejaré que nada te haga daño», pero debido al último comentario que había hecho ella, y a que en aquellos momentos no podía refutarlo, se tragó las palabras. Se le ocurrió otra, que le hizo daño en la garganta al pronunciarla.

–Vuelve.

La boca de Donna tembló antes de que una mirada impasible le endureciera el rostro.

–Ya tengo bastante que lamentar. Lo único que quiero es darme una ducha, vestirme y marcharme.

Tras unos interminables instantes, él asintió. A la mañana siguiente estaría allí con ella, pasándole la esponja por la espalda. A pesar de que Donna hubiera ganado aquella batalla, él iba a ganar la guerra.

Mientras ella se dirigía al cuarto de baño, Tate se fijó en el contestador automático que había en la mesilla. La luz de los mensajes recibidos se había activado y parpadeaba. Comenzó a pensar muy deprisa. Blade o cualquier persona de los estudios de televisión le habrían llamado al móvil.

Oprimió el botón para escuchar el mensaje. Tate se dejó caer sobre la cama. Teniendo en cuenta quién lo había dejado y el tono de la voz, suponía que su escapada secreta se había descubierto.

Capítulo Seis

Donna salió del cuarto de baño envuelta en un albornoz que le estaba muy grande. Se estaba secando el pelo con una toalla, pero lo que apareció ante sus ojos hizo que se detuviera.

Tate llenaba una copa de champán. Y no se había vestido.

La piel, ya tibia, comenzó a arderle y se le aceleró la respiración. Él estaba jugando al juego de la seducción, y aquella era la segunda parte, que se estaba desarrollando de forma acelerada.

Atraída, pero también resuelta, dejó la toalla en el cuarto de baño y se cruzó de brazos.

—Estás perdiendo el tiempo.

Había cometido un desliz, pero no todo estaba perdido. Nadie tenía que saber que se había acostado con quien trataba de sobornarla, con su examante. Lo único que debía hacer era mantener la cabeza fría y salir de allí.

Tate la miró por encima de su hombro desnudo.

—Solo he llenado una copa —dio un sorbo—. No es francés, pero está muy bueno.

Mientras se volvía para ponerle el tapón a la botella, ella lo fulminó con la mirada. Él sabía que le encantaba el champán, pero no estaba de humor para celebraciones. A todos los efectos, él la había sometido a un interrogatorio solo minutos después de hacer el amor. Era un ser despiadado. Y lo que era aún peor, aunque no quisiera reconocerlo: le había hecho una observación perspicaz.

Se sentía responsable de la muerte de Judith, a pesar de saber que no debería hacerlo. Como amiga o terapeuta, escuchaba y sugería formas de cambiar, pero no podía hacer que los problemas desaparecieran u obligar a otros a elegir de modo inteligente. Era frustrante, doloroso, pero era así. Ningún ser humano podía hacer que otro diera por concluida una relación autodestructiva.

Tate levantó la tapa de una bandeja en la que había queso y fruta. Donna sintió un cosquilleo en las papilas gustativas. Pero se le hizo aún más la boca agua ante la vista de la espalda de Tate y cómo se le marcaban los músculos en la piel brillante. Solo llevaba una toalla enrollada a la cintura.

Cuando él se dio la vuelta, el estómago se le contrajo al ver su sonrisa desvergonzada. Nadie debería tener derecho a ser tan hermoso.

–Es un aperitivo –dijo él–. El servicio de habitaciones funciona las veinticuatro horas del día, así que todavía no tenemos que preocuparnos de la cena.

Donna recurrió a toda su fuerza de voluntad y agitó las manos.

–Tomaré algo en el avión.

Sin hacer comentarios, él se aproximó con una galleta salada y un trozo de queso. Mordió la mitad, y antes de que ella pudiera negarse, le metió la otra mitad en la boca. Donna gruñó y le apartó la mano.

–No te preocupes, no es queso azul –informó él frunciendo los ojos.

A ella no le preocupaba que el queso tuviera moho, sino el hecho de que se sentía morir por acariciar su cuerpo fuerte y suave, aunque luego fuera a arrepentirse.

Mientras él se dirigía de nuevo a tomar algo de la bandeja, ella masticó lentamente y recordó una vez en que, cuando eran adolescentes y vivían con la misma familia de acogida, Judith y ella habían estado todo el día estudiando y se habían pasado la noche riéndose mientras soñaban con el chico malo ideal: enigmático, irresistible, de pelo negro como el carbón, penetrantes ojos azules y un corazón indomable.

Tras el funeral de su amiga, ese recuerdo se le había quedado grabado y la atormentó hasta que consiguió entrar en razón y dar por finalizada una relación que solo le seguiría causando dolor.

No había logrado salvar a su amiga, pero se había salvado a sí misma. No de un daño físico, ya que Tate nunca se lo haría, sino de un daño emocional. Las casas de acogida que quería construir ayudarían a otras mujeres en la situación de Judith a recuperar la seguridad en sí mismas, la identidad, e incluso podía salvarles la vida.

Se apretó el cinturón del albornoz.

—He pedido que traigan tus cosas —dijo Tate mientras cortaba un trozo de fruta.

Donna frunció el ceño.

Él le lanzó una mirada seductora.

—¿Creías en serio que te iba a tener aquí atada y desnuda?

Donna, nerviosa, apartó esa evocadora visión y la sustituyó por otra más razonable. Que le enviaran sus cosas le ahorraba tener que hacer la maleta. Si se hubiera encontrado en un estado de ánimo más generoso, incluso se lo habría agradecido.

Tate señaló las rodajas de mango.

—¿Quieres un poco?

Ella negó con la cabeza y él se metió una en la boca. Donna podía imaginar su dulzura, y se pasó la lengua por los labios. Recordó la última vez que habían estado en aquel hotel y que ella le había puesto aceite con olor a mango en el pecho...

Sobresaltada, trató de borrar las imágenes del pasado. Ligeramente aturdida, buscó su bolsa de viaje con la mirada y se dirigió hacia la cama.

Agarró un vestido a toda prisa. Una joya, que había encima de él, cayó a la alfombra. El corazón le dio un vuelco.

Se agachó para recogerla, pero Tate fue más rápido.

Sostuvo la cadena de oro frente a ella.

—Vaya, vaya... No sabía si lo habrías conservado.

Donna le arrebató el reloj y trató de quitar importancia al descubrimiento.

—Es un reloj muy bonito y muy caro. ¿Por qué no iba a seguir teniéndolo?

La ardiente mirada de Tate le recorrió los labios y el cuello. Su sonrisa se hizo más ancha.

—Esta mañana no lo llevabas puesto. Me habría dado cuenta —le tocó suavemente la muñeca izquierda.

Aunque su piel respondió a la caricia, Donna rechazó la descarada invitación y se dio la vuelta. Mientras le rogaba a su corazón que dejara de latirle tan fuerte, se encogió de hombros con aire altanero.

–No pude encontrar mi otro reloj y agarré este a toda prisa mientras salía. Se me olvidó ponérmelo.

Era una buena excusa y la mantendría. No reconocería que, después de volver a ver a Tate, tuvo el deseo irresistible de sacar el reloj del fondo del joyero y ponérselo por primera vez desde hacía años.

Al sentir a Tate detrás de ella, su calor cautivador, se puso tensa. Su voz le hizo cosquillas en la oreja.

–No es una mala explicación –se burló–, pero eres una mentirosa.

–Sí, hay otros que lo hacen mucho mejor.

Sonó el teléfono. En vez de contestar, Tate volvió de un salto a la mesa donde estaban la bandeja y el champán.

Levantó una segunda copa helada y deslizó el dedo por la superficie donde se había acumulado la condensación.

–¿Estás segura de que no quieres? Es tu champán preferido.

Razón de más para rechazarlo. El champán era más fácil de beber que el agua, pero las burbujas subían directamente a la cabeza. Tenía que mantenerse serena, en aquellos momentos más que nunca.

El teléfono seguía sonando.

De camino al cuarto de baño con el vestido y la ropa interior en la mano, alzó la barbilla y se dirigió a Tate.

–¿No contestas?

Apoyado en la pared, cruzó las piernas y levantó la copa.

–No estoy de servicio.

Donna sintió una leve inquietud. Tate siempre estaba de servicio.

–¿No ha sonado mientras estaba en la ducha?

–No –se llevó la copa a los labios, dispuesto a beber–. Probablemente ha sido el servicio de habitaciones.

Donna sintió un escalofrío. Tate no soportaba no contestar a una llamada telefónica, sin importarle la hora que fuera ni dónde estuviera. En la época en que habían estado juntos, era algo que la sacaba de quicio. El único momento en que no contestaba era cuando hacían el amor. Había algo que no andaba bien, y la actitud claramente despreocupada de Tate le indicaba que tenía que ver con ella.

Dio media vuelta y se dirigió al teléfono. Tate dejó la copa e hizo lo propio. Sus manos chocaron al tratar de descolgarlo, pero la de ella fue más rápida por una décima de segundo. Agarró el auricular y se lo llevó a la oreja.

–Dígame.

–¿Donna? –una voz femenina sonó al otro lado de la línea–. ¡Aleluya! Llevo todo el día tratando de hablar contigo.

Ella sintió que se hundía.

–Donna, ¿sigues ahí?

Tuvo que despegar la lengua del paladar para pronunciar dos palabras.

–¿Señora DeWalters? –observó que Tate se dirigía a por su copa, y su sobresalto al oír la voz de aquella mujer se transformó en ira–. ¿Ha llamado usted antes?

–Te dejé un mensaje. Tu móvil estaba apagado o fuera de cobertura o quizá estropeado. Le pedí a tu ayudante que me dijera dónde estabas. En recepción pasaron mi llamada a tu habitación.

Aunque Tate no le hacía caso a propósito, Donna lo fulminó con la mirada. ¡Adiós al anonimato!

De repente se le ocurrió algo. ¿Sabía la señora DeWalters con quién compartía la reserva del hotel?

La mujer resopló al otro lado de la línea.

—Es evidente que te has olvidado de la cita que teníamos mañana.

Donna se centró en el problema más inmediato. Recorrió mentalmente el calendario.

—Tenemos una cita el miércoles, no mañana, señora DeWalters.

—El sábado te dije que me trataras de tú. Y acordamos vernos mañana, no el miércoles.

Donna tartamudeó con la cara encendida. Maeve deWalters se equivocaba, pero la gran dama tenía una enorme importancia para ella, ya que necesitaba su apoyo económico. El orgullo no cabía en aquella relación. Haría todo lo que dijera Maeve deWalters.

Donna sujetó el articular con más fuerza.

—Mañana… ¿Dónde y a qué hora?

—Ya no importa —resopló—. Estás de vacaciones.

Tenía que salvar la situación y hacerlo deprisa.

—No, no estoy de vacaciones. Es un viaje de negocios y vuelvo esta noche.

—Entonces, ¿por qué has hecho una reserva? No es asunto mío…

—Estaré de vuelta por la mañana, señora DeWalters —dijo Donna pronunciando claramente cada palabra.

—Maeve. Te he dicho que me llames Maeve —el tono de su voz era frío—. ¿Me estás atendiendo? Pareces distraída.

Donna tuvo que hacer esfuerzos para no gritar,

primero por teléfono, después a Tate. Si no la hubiera presionado para que lo acompañara, si no hubiera sido tan ingenua...

Apretó los dientes y contó hasta tres.

–Allí estaré, Maeve. Podríamos desayunar juntas en algún sitio bonito y luego ir a ver los terrenos.

–El motivo de mi llamada es que no puedo verte hasta el miércoles. Pero el sábado parecías tan ansiosa de que nos reuniéramos que quería oír lo que tuvieras que decir antes de hablar con la comisión de recogida de fondos el lunes. Pero me temo que te he pillado en mal momento.

No era una disculpa, sino una crítica.

Aquel malentendido tenía que solucionarse, pero la conversación solo estaba contribuyendo a aumentar la confusión. Además, temblaba demasiado para concentrarse en nada que no fuera la posibilidad de que todo lo que había planeado se viniera abajo.

Maeve podría descubrir que estaba allí con su antiguo enemigo. También podía enterarse el Colegio de Psicólogos, o el juez encargado del caso de Blade. Una semana antes estaba en la cresta de la ola. En aquel momento estaba a punto de estrellarse contra las rocas.

Trató de pensar con claridad y de controlar el temblor de su voz.

–Estoy a punto de salir para el aeropuerto, así que estoy de acuerdo en que lo mejor sería dejar esta conversación para el miércoles –como habían planeado en un principio, quiso añadir.

Oyó un sufrido suspiro al otro lado de la línea.

–Apúntalo en el calendario, bonita.

77

Donna se contuvo para no colgar el teléfono de un golpe y después se dirigió directamente adonde estaba su bolso. El volumen de su móvil estaba al mínimo, probablemente porque el aparato se había golpeado contra algo. Y tenía un montón de mensajes, algunos de Maeve y otros de April, que sin duda había querido prevenirla.

La mano le comenzó a temblar. Sintió ganas de lanzar el teléfono contra la pared, pero el aparato no tenía la culpa. Ni siquiera era culpa de Tate, sino de ella por ser tan lamentablemente débil, por ceder a sus exigencias y haberlo acompañado.

Se dio la vuelta. Le ardía la cara.

–Escuchaste su mensaje, ¿verdad? –no esperó a que respondiera–. ¿No hay ni siquiera una mínima parte de ti que tenga en cuenta las consecuencias de lo que haces?

Tate había saboteado su posición y puesto en peligro sus objetivos para obtener lo que se había propuesto. ¡Qué típico de él!

–Maeve deWalters es una bruja que ha obtenido la posición social que ocupa mediante el matrimonio y su fortuna mediante la corrupción. Créeme: es mejor que busques apoyo económico en otro sitio.

¿En él, por ejemplo? ¡Qué gracia!

Donna se dirigió resueltamente al cuarto de baño.

–No tienes pruebas de que sea corrupta, o ella sería la primera en saberlo.

–Y el público sería el segundo.

En la puerta del cuarto de baño, Donna se giró bruscamente.

–¿Por justicia mediática o por enemistad entre familias?

–Por una mezcla de ambas.

Tate avanzó hacia ella a grandes pasos, con una mirada decidida.

Donna tragó saliva y se dio la vuelta.

–Me marcho ahora mismo, antes de que lo acabes de fastidiar todo.

Él extendió el brazo con rapidez, agarró el de ella y la atrajo hacia sí.

Donna dejó caer la ropa que llevaba en la mano, y él la abrazó. ¿No se daba cuenta de que no quería que la tocara? Aunque su cuerpo la traicionara y respondiera a la fuerza masculina, seguro que sabía interpretar la expresión de su cara. Ella no bromeaba.

Forcejeó.

–Suéltame.

–No tienes que fingir –dijo él–. No estamos en Sídney, nadie nos mira. Estamos completamente aislados. Aquí puedes esconderte de todo, incluso de ti misma, si quieres.

La apretó más contra sí. Ella sintió la dureza de su erección en el estómago y trató de ahogar un gemido.

Él comenzó a trazar un círculo hipnótico al final de su columna.

–Sé sincera. ¿Cuándo fue la última vez que te sentiste tan bien?

La respuesta era muy sencilla: la última vez que habían estado juntos. Pero las cosas ya no eran igual. Tal vez él no hubiera cambiado, pero ella sí lo había hecho.

¿Cómo se atrevía él a jugar con su vida? Aunque no le gustara la familia DeWalters, su opinión importaba poco en lo que se refería a su vida profesional.

Decidida a no dejar que ese hecho se diluyera envuelto en la pasión, no hizo caso de los latidos de su corazón que enviaban a su vientre un antiguo mensaje y centró toda su atención en escapar de él.

–¿Cuándo sale el próximo avión?

Sonriendo, la desafió con la mirada.

–Lo hemos perdido.

No lo creyó, a pesar de que no estaban en una gran ciudad donde hubiera multitud de vuelos. Necesitaba una alternativa.

–Habrá aviones privados.

Los ojos de Tate centellearon, y ella se dio cuenta demasiado tarde de lo que acababa de decir y automáticamente sintió haberlo hecho. Él nunca hablaba de aviones pequeños: le traían muy malos recuerdos. Como ella sabía la historia, lo entendía.

–Ahí tienes el teléfono –con un gesto de asentimiento le indicó la mesilla de noche–. No voy a impedírtelo –pero la seguía sujetando con fuerza por las caderas.

–Un autobús –atinó a decir ella con voz ronca.

–Si tomas un autobús, llegaré antes que tú a Sídney –le mordió la oreja– y habré tenido, además, dos días para relajarme.

–Quedarme contigo no cambiará las cosas –dijo ella entre dientes–. Por mucho que me presiones, no dejaré que me intimides.

–¿Ah, no? –le chupó el lóbulo de la oreja.

El cuerpo de ella se puso al rojo vivo.

–Evaluaré a Blade de forma justa –dijo ella mientras ahogaba un gemido–, ni más ni menos.

–Calla, Donna. Ahora no hablamos de trabajo. Lo que estamos haciendo tiene que ver con el placer.

La situación se había deteriorado con rapidez. ¿Por qué había creído que no sería así? Tate era el único que podía provocar en ella aquel delicioso abandono. Desde el momento en que lo conoció, no había deseado a otro.

Si la miraba con aquellos ojos ardientes y la acariciaba con caricias que quemaban, tenía la batalla perdida. Por eso se había negado a verlo después de la fiesta de compromiso. Él no debía saber que, unas semanas después, había tenido un momento de debilidad y había ido a buscarlo. Entonces, sin querer, había comprobado lo poco que la echaba de menos.

Tate se apretó contra ella metiéndole las manos en el pelo. Le sostuvo la cabeza y la besó a conciencia. Cuando, por fin, Donna pudo tomar aire, sus labios estaban ardiendo y el cerebro se le había derretido.

Fue casi un milagro que consiguiera amenazarlo.

—Tal vez debería ver al juez y contarle lo de tu ultimátum.

Él le sujetó la cabeza con más fuerza.

—No me parece una buena idea, ya que deberías evitar levantar sospechas.

—¿Y un fin de semana juntos no resulta sospechoso?

Él la soltó para bajarle el albornoz por los hombros, de modo que solo el nudo que tenía en las caderas evitó que se cayera al suelo. Cuando le rozó los tiernos pezones con el pecho, Donna se mordió los labios.

Le mordisqueó el cuello.

—Tu reputación se mantendrá intacta. Nadie se enterará.

–Excepto la mayor chismosa de Sídney.

–Maeve deWalters no sabe nada –gruñó él.

Bueno, todavía no.

Donna caminaba por la cuerda floja y se podía caer en cualquier momento. Los secretos solían salir a la luz cuando menos se esperaba.

Tate deslizó las manos por sus caderas y puso una rodilla en el suelo mientras le besaba los senos, el tórax y el ombligo. Las sensaciones que experimentaba hicieron que Donna cerrara los ojos. El método y la habilidad de Tate eran excepcionales. La cabeza le daba vueltas como si hubiera bebido champán.

Tres días, había dicho él. ¿Qué mal podía haber en ello?

Su determinación había desaparecido, así que suspiró y le agarró la cabeza.

–No le dirás nada a nadie. ¿Me lo prometes?

Él le abrió el albornoz y trazó una línea ardiente entre sus piernas con la lengua.

–Te lo prometo.

Capítulo Siete

«Si no se reconoce que se tiene un problema, es muy probable que se sigan cometiendo los mismos errores».

Al final de la mañana del domingo, Donna recordó ese consejo y lamentó que se pudiera aplicar tan bien a su caso. Lo paradójico era que cuanto más tiempo pasaba con Tate, más reconocía que tenía un problema y menos quería tratar de solucionarlo.

Tumbada boca abajo en una toalla de cara al mar, observaba a Tate zambullirse en las olas llenas de espuma. Sentía el calor del sol en la piel. Había una cesta con provisiones en la arena, a su lado.

Se tomaría una copa de champán después de comer y, a continuación, volvería a hacer el amor con Tate, a revivir la excitación incomparable de unirse al único hombre del mundo que conseguía que se olvidase de respirar.

Nadie lo entendería. ¡Pero si ni siquiera ella misma lo entendía ni podía perdonarse! De todas maneras pensaba elaborar el informe que Blade se mereciera; nada le haría cambiar de opinión a ese respecto, ni siquiera la amenaza de Tate, progresivamente más débil, de emitir la historia. Pero si se hacía pública su relación con él, no sería ella quien reprocharía a la gente el hecho de creer que la historia era cierta.

Cerró los ojos con fuerza y maldijo en voz baja.

Sus sentimientos por Tate no solo la desbordaban, sino que la consumían. Sabía que debería ser más fuerte y se detestaba por ser tan débil. Solo la entenderían quienes hubieran experimentado la misma mareante sensación de euforia.

No parecía que tuviera elección, al menos no allí, donde el pasado le susurraba al oído y Tate era un ser real, vivo y fuerte.

Este salió trotando y dando patadas al agua mientras se echaba el pelo hacia atrás con las manos, lo que hizo que, sin darse cuenta, mostrara sus increíbles bíceps. Parecía inconquistable. Era su amante. Y ella era...

El corazón le dio un vuelco.

¿Su querida?

Tate se dejó caer de rodillas, con las palmas en los muslos, y sacudió la cabeza. A pesar de su estado de ánimo, Donna se echó a reír cuando le cayeron unas gotas de agua.

Se incorporó y se secó los brazos.

—¡Eh! Ten cuidado.

Tate sonrió más abiertamente.

—Y si no, ¿qué vas a hacer?

«Quemar las reservas de avión de mañana y rogarte que nos quedemos aquí», pensó

Suspiró y consiguió sonreír.

—Es mejor que no lo sepas.

—Dímelo —se acercó a ella a gatas mientras la miraba con ojos ardientes.

Una risa nerviosa pugnó por salir de la garganta de Donna. El día anterior la había sorprendido con la compra de un bikini en la tienda del hotel. Dejaba mucha más piel al descubierto de lo que ella hubiera deseado.

Tate enganchó con el dedo la anilla dorada que unía los dos triángulos de la parte superior de la prenda y tiró hacia sí.

–¿Qué te parece si nos bañamos desnudos?

Puso su boca en la de ella, fría una, cálida y dispuesta la otra. Se acercó más a Donna. Cuando separaron suavemente los labios, a ella le daba vueltas la cabeza y él respiraba agitadamente.

Con el dedo en la anilla, Tate la balanceó a derecha e izquierda mientras devoraba a Donna con una mirada hambrienta.

–No sé si me gustas más con esto puesto o sin ello.

Un resto de decoro se abrió paso entre la deliciosa niebla del cerebro de Donna. Lo detuvo con la mano.

–Estamos al aire libre.

Él miró a su alrededor y se encogió de hombros.

–Aquí no hay nadie. Atrévete.

Eso la obligó a bajar de las nubes. Ya había sido bastante atrevida, incluso temeraria. No tenían dieciocho años, ni la ausencia de preocupaciones y responsabilidades propia de esa edad. De hecho, las de ambos eran enormes y las habían olvidado. Pero pronto llegaría el día siguiente… y sus consecuencias.

Sintió que los nervios le atenazaban el estómago y se volvió hacia la cesta.

–Tal vez sea mejor que comamos en el bungaló –de repente se había sentido demasiado expuesta.

–Me parece perfecto que nos retiremos –le acarició el hombro donde se había aplicado crema protectora media hora antes–. Pero la etiqueta de la loción solar indica que podemos seguir dos horas más al sol.

Mientras la mano masculina descendía por su hombro, la embargó una fascinante sensación. Oyó su voz profunda.

–Tú decides.

Ambas opciones eran peligrosas.

Si se quedaban allí, entre las palmeras que se balanceaban con la fresca brisa del mar, era consciente de que se dejarían llevar. Si volvían a su escondite, el bikini no le duraría puesto mucho más allá de la puerta e, instantáneamente, se vería arrastrada por una corriente de placer cada vez mayor.

Pero en el momento en que aterrizara y sus pies tocaran el suelo, comenzaría a darle vueltas de nuevo a lo que estaban haciendo, la confianza que estaba traicionando… y querría morirse.

No había nada que compensara el sentimiento de culpa, ni siquiera aquel rato glorioso al sol.

Tate se sentó a su lado y sacó la botella de champán de la cesta.

–¿Me dejas que te tiente?

La atención de Donna se desplazó de la huella que él había dejado en la arena a sus penetrantes ojos azules.

–No.

Tate se rio entre dientes y se puso más cómodo.

–¿Es demasiado temprano?

–Es preferible a que sea demasiado tarde.

Tate volvió a dejar la botella en su sitio y la miró.

–Me huelo que se avecina una discusión.

El corazón de Donna dio un brinco pero, después

de cuarenta horas plenas de sexo fulgurante, era hora de hablar en vez de seguirse acariciando.

La mirada de él era despreocupada pero firme.

–No te engañes creyendo que esto va a ser como la primera vez. No tiene que acabar mal. Lo que hemos disfrutado nos ha sentado bien a los dos.

–Lo que hemos disfrutado ha sido un error –se sintió enferma y se puso la cabeza entre las manos–. El Colegio ya está investigando una acusación contra mí. Y además está Maeve, que está más que disgustada conmigo. No puedo permitirme el lujo de cometer más equivocaciones. Si Maeve se entera de que me relaciono con la familia Bridges… si se entera de mi relación contigo…

¿Tenía que acabar la frase? Si Maeve se enteraba, sería un desastre. Le retiraría su apoyo económico y ella perdería su reputación, y, peor aún, en el plano personal dejaría de respetarse a sí misma por haber vuelto a caer, de manera pública, en la telaraña de Tate. Pensándolo bien, ya no le quedaba mucho respeto por sí misma.

Tate volvió a abrir la cesta y sacó un sándwich.

–Ya te he dicho que Maeve deWalters no tiene nada que hacer.

Donna se puso en estado de alerta. No era la primera vez que Tate daba a entender que Maeve no era una persona honrada. ¿Había algo más que malicia en ello? Quizá debiera escuchar lo que Tate decía o, mejor aún, hacerle preguntas.

–¿Quieres decir que es una persona corrupta?

Tate asintió mientras masticaba.

–Sin lugar a dudas.

–No te sorprenderá –dijo ella con voz seca– que alguno crea que tú eres el corrupto por intentar librarte de un juicio.

–No me sorprenderá –tragó–. Me da igual.

Donna apretó los dientes.

–Entonces dime por qué está bien que tú trates de saltarte las reglas a la torera y no que lo haga Maeve.

Donna no creía que nadie debiera estar por encima de la ley, ni siquiera ella.

–Tu pregunta se refiere a la diferencia entre una mujer que se dedica a apropiarse de parte de lo que recauda para obras caritativas para engordar su cuenta bancaria y un hermano que hace lo que puede para proteger a su familia de un encarcelamiento injusto.

–Sostienes que Blade es inocente –aunque no era abogada, conocía varias formas de justificar una agresión; una de ellas era la defensa propia. Pero Tate esquivaba el tema–. ¿Por qué te da eso derecho a manipularme?

Se pasó la mano por el pelo y la miró durante unos tensos segundos.

–¿Serviría de algo decirte que lo siento?

Ella asintió.

–Una disculpa serviría si me la creyera. Pero, llegados a este punto, me temo que necesitaría mucho más.

Él se mantuvo inmóvil durante unos segundos. Luego alzó los ojos hacia el sol, los frunció y asintió.

–¿Qué quieres saber?

–Quiero saber por qué proteges tanto a Libby y a Blade. Y, esta vez, cuéntamelo todo, no el resumen superficial que solías hacerme.

Sus padres habían muerto y él se había convertido en el tutor de sus hermanos. Ella siempre había comprendido y valorado la responsabilidad que eso implicaba. Pero su instinto le decía que había algo más en la obsesión de Tate por proteger a su familia.

—Sabes que mis padres murieron al estrellarse un avión privado. No hacía mucho que yo había acabado mis estudios universitarios –continuó él–. Quería empezar a vivir mi vida, hacer lo que quisiera y cuando quisiera. El accidente se produjo en torno a esta estación del año, cerca de la Navidad. Quería ir a visitar a unos amigos, pero mis padres me pidieron que fuera a casa un par de días. Tenían que acudir a una cita importante en las montañas Azules, y Blade… –se aclaró la garganta–. Estaba pasando una mala racha.

Ella apretó los labios. Aunque su formación psicológica le indicaba que escuchase, le resultaba difícil mantener la distancia emocional con respecto a Tate.

Tate miraba fijamente la arena.

—Discutí con ellos. Les dije que contrataran a alguien si de verdad lo necesitaban para cuidar a una chica de diecinueve años. No veía el motivo de que Blade no pudiera cuidar de Libby. ¿Por qué me llamaban?

Suspiró.

—Llegué tarde, quejándome y arrastrando los pies. Querían que llegara a las tres y me presenté casi a las seis y media. Para entonces a mi madre no le apetecía mucho un viaje en coche de tres horas en el que había que conducir por carreteras de montaña. Además, llegarían tarde. Mi padre solía alquilar aviones privados, y creyeron que uno de ellos los llevaría en la mitad de tiempo y con la mitad de molestias –hizo una mueca–. El resto ya lo sabes.

Sus padres no habían querido ir en coche y habían alquilado un avión. Por razones nunca explicadas, se habían estrellado cuando faltaban veinte minutos para llegar a su destino. Y a Tate le había quedado un sentimiento de culpa que el paso del tiempo no había mitigado. La niebla comenzaba a levantarse.

Una gaviota saltarina elevó el vuelo cuando Tate le lanzó el sándwich.

–¿Quieres saber lo mejor?

–Sigue.

–La fiesta a la que tenían que acudir con tanta urgencia se celebraba en casa de Maeve deWalters, ni más ni menos.

Donna tosió. ¡Por Dios!

–¿Eran amigos? –había supuesto que las dos familias siempre habían estado enfrentadas.

–No, hacían negocios juntos. El tercer marido de Maeve se gastó un montón de dinero en publicidad en la cadena de televisión de mi padre, que acababa de ver la luz –apretó los dientes–. La fiesta se había anulado. Pero nuestra querida Maeve no se molestó en informar de ello a sus huéspedes menos importantes.

No era de extrañar que Tate se torturara y que siempre que pudiera le clavara un cuchillo, en términos metafóricos, a Maeve. Creía que, debido a su egoísmo, había dejado sin padres a sus hermanos y a sí mismo.

Donna le buscó la mirada y lo abrazó por el fuerte cuello al tiempo que le susurraba al oído.

–Tienes que olvidarlo.

Quería decirle que no debía echarse la culpa, pero sabía que perdonarse a uno mismo no era asunto fácil. Nada borraba por completo la mancha, ni siquiera el tiempo.

Él la tomó de los hombros y la separó lentamente. Su mandíbula nunca había parecido tan fuerte, oscurecida por la barba de dos días. Sus labios nunca habían resultado más atractivos y resignados.

–Estoy bien donde estoy, Donna. Sé lo que quiero y lo que debo hacer –se levantó con una convincente e invencible sonrisa–. Ahora voy a pelearme un poco más con las olas.

Cuando aquella tarde hicieron el amor, fue tan maravilloso como antes, pero, entre las sábanas, su unión parecía haber cambiado y haberse vuelto más profunda y sensible, como si hubieran arrancado una costra y lo que hubiera debajo estuviera todavía demasiado en carne viva para mirarlo y fuera demasiado peligroso para hablar de ello.

Al día siguiente, al aterrizar en Sídney, Tate volvió a ser la misma persona encantadora de siempre. Le dijo que se mantendría en contacto con ella para hablar de la evaluación psicológica de Blade, y ella volvió a afirmar que, si se la hacía, sería totalmente sincera. Donna no supo si él parecía divertido ante sus palabras o aún más resuelto.

Cuando el taxi llegó a casa de ella, se dieron un beso de despedida, y Donna trató de convencerse de que era el último. Le producía un dolor insoportable, pero lo más sensato era ser fuerte, dar por terminada la relación y evitar el naufragio que les esperaba si continuaban viéndose en la clandestinidad. Había sido un fin de semana estupendo, pero, con el paso del tiempo, el carácter exigente de Tate acabaría por partirle el corazón de nuevo.

El hecho era que él deseaba sus continuas demostraciones de afecto, pero que ella tenía que recuperar el respeto hacia sí misma.

No devolvió sus llamadas. Necesitaba tiempo para aclarar sus pensamientos. Sin embargo, cuando llegó el jueves, su lucha interior había empeorado. Experimentaba una abrumadora necesidad de rendirse y volver a verlo.

Unas semanas después del fiasco que había supuesto la fiesta de compromiso le había asaltado la misma urgencia de darse por vencida. Tate seguía sin saber que lo había visto abrazando y besando a otra mujer, por lo que debía recordar, en aquellos momentos más que nunca, no solo cuánto daño le había hecho al poner sus sentimientos siempre en el último puesto de su lista, sino también la facilidad con la que la había sustituido por otra.

Mientras se tomaba un café en la cocina, hojeó el periódico de la mañana. Un artículo le llamó la atención y se puso a leerlo. La taza le resbaló entre los dedos y el café se le derramó sobre el periódico. Mientras la presión sanguínea se le ponía por las nubes, una imagen cristalizó en su mente.

Tate, de rodillas, haciéndole el amor y murmurando: «Te lo prometo». Y mintiendo.

Capítulo Ocho

–No me creo que lo hayas hecho.

Tate asimiló las palabras mordaces de Donna, estudió su ceño fruncido y, por primera vez en muchos años, no supo qué hacer.

Una vena le latía desbocada en el cuello. Se aflojó la corbata y, sin invitación previa, se sentó junto a ella en la mesa del café. Su proximidad tuvo un efecto inmediato: su aroma a flores, su sedosa melena rubia, la…

Irritado, extendió la mano.

–Quítate esas gafas oscuras –tenía que verle los ojos– y hablaremos de ello de manera racional.

–¿Racional desde tu punto de vista o desde el mío? –la montura golpeó la mesa–. Porque hay mucha diferencia.

Ella estiró el brazo, tomó el periódico de la mañana y lo arrojó sobre la superficie gris, al lado de un jarrón con rosas artificiales y una taza de café vacía. Había un titular encerrado en un círculo rojo: «Terapia en el diván: no confíe en cualquiera».

Las lágrimas le asomaron a los ojos, pero mantuvo la boca firme.

–Te digo que mi evaluación será totalmente sincera y, después, no te devuelvo las llamadas. Así que decides mostrarme un ejemplo de lo que me espera si me niego a darte exactamente lo que quieres –hizo una mueca–. ¿Sabes lo que más me duele? Que no hayas tenido la decencia de avisarme.

–Porque no tengo nada que ver.

Echó a un lado el periódico, y su necesidad de abrazarla. Los tres días que llevaba sin sentir cerca su cuerpo le habían parecido un siglo. ¿Cómo había conseguido sobrevivir durante tanto tiempo antes de volverla a encontrar?

Ella sonrió son suficiencia, pero él detectó la vulnerabilidad que se ocultaba tras su coraza.

–Así que es una increíble coincidencia que me sobornes, trates de seducirme y, como sigo sin entrar en vereda, aparezca en el periódico un anticipo sorpresa de tus amenazas.

–¿Soy el único que puede acceder a la información sobre la queja presentada contra ti?

Donna parpadeó.

–No.

–¿Se menciona tu nombre en el artículo?

Una interrogación se dibujó en sus ojos turquesa antes de que volviera a endurecer su hermosa boca.

–Eso no significa que no tengas nada que ver.

–Ni tampoco lo confirma. De hecho, si fuese el instigador, lo más probable es que hubiese emitido la información en mi nuevo programa. Con tu historia como atracción principal, el índice de audiencia se habría disparado.

Donna entrecerró los ojos ante su fría mirada y se remangó la blusa blanca. El sujetador de encaje era una sombra seductora bajo la seda. A pesar de la hostilidad que ella le demostraba y de la situación,

94

poco propicia para ello, Tate sintió que se le aceleraba el pulso.

–Tal vez hayas filtrado esto ahora para mantenerme en la incertidumbre –concluyó ella, aunque parecía poco segura.

Tate dirigió la mirada a la estrecha cintura de su falda roja. Apostaría lo que fuera a que no había comido ni antes ni después de llamarlo por teléfono hecha una furia. El café no era suficiente. Un buen desayuno la calmaría. Le gustaban las tortitas, así que pediría dos raciones.

Echó una mirada alrededor del café, prácticamente desierto, y trató de llamar la atención de un ocupado camarero que colocaba refrescos en la nevera.

Ella masculló con voz dura.

–¿Me escuchas?

Se dio la vuelta y se contuvo para no callarla a besos. Eso era lo que ella necesitaba: que la besaran. En realidad, los dos necesitaban volver a lo que se les daba tan bien en vez de discutir sobre un incidente que no podía solucionarse. Si pudiera hacerlo, por Dios que lo haría.

–Te repito que no he filtrado la historia.

Pero, en cierto modo, le estaba agradecido a quien lo hubiera hecho.

Donna no le había devuelto las llamadas desde que volvieron de Queensland. Y los días pasados allí le habían abierto una vía para llegar hasta ella. Juntos estaban bien; ambos lo sabían. Y se iba a encargar de que solucionaran lo que había ocurrido en el pasado.

Con una expresión de hastío, Donna se recostó en el asiento.

–Sí, eres una persona de principios, por lo que deduzco que no tendré nada que temer cuando te diga lo que te tengo que decir –aproximó la cara a la de Tate para mirarlo directamente a los ojos–. Tu abogado deberá buscarse otro chivo expiatorio. Dejo el caso de Blade. Puedes hacer lo que te parezca al respecto: insistir, maldecirme, ponerte encantador si quieres… Me da lo mismo la táctica que emplees: no va a cambiar nada. Estoy harta de que me manipules. Desde este momento voy a seguir con mi vida.

Tate levantó la cabeza.

¡Maldita fuera! Parecía que hablaba en serio.

Pero los días anteriores no podían borrarse de un plumazo. Estaban ligados el uno al otro, de modo diferente al pasado y por más de un motivo.

Se giró y dobló una pierna sobre el asiento de modo que ella le viera la cara y no lo malinterpretara ni dejara de observar su expresión de convicción.

–Blade te necesita.

«Yo también», pensó.

–Te he dicho desde el principio que Blade tiene que hacer frente a las consecuencias de sus actos –la expresión de Donna cambió–. Y tú también. Dices que es inocente. Yo sé que lo soy. Lo mejor que podemos hacer es quedarnos sentados, no meternos en líos y confiar en la justicia.

¿Confiar en la justicia? Tate echó los hombros hacia atrás.

–No puedo hacerlo.

–Pues vas a verte obligado.

Él se contuvo y no mencionó que no estaba seguro de que el delito anterior de Blade se tuviera en cuenta como prueba. A Donna no le gustaría. Seguía sin saber lo que realmente había sucedido la noche de su desastrosa fiesta de compromiso. Y en aquellos momentos se sentiría menos dispuesta que nunca a creérselo.

–¿Sabes adónde fue mi hermano el viernes pasado? –la noche en que les había dejado el mensaje de que estaba bien y no se preocuparan. Donna no sabía nada más–. Fue a ver a Kristin. Están tratando de solucionar sus problemas.

Tate esperaba que el subtexto no fuera demasiado sutil.

Ella, rápidamente, negó con la cabeza.

–Eso ya no es asunto mío.

Tate sintió una opresión en el pecho producida por el malestar que le habían causado sus palabras.

–¿Como tampoco lo era Libby hace cinco años?

Los ojos de Donna centellearon.

–Ella tenía diecisiete años cuando rompimos. No podía volver a verla… –se interrumpió y comenzó de nuevo en tono más calmado–. No podía volver a verla sin verte a ti. Sabes cuánto la quería. Era como una hermana para mí.

Aunque no en el sentido literal de la palabra. Donna había crecido en familias de acogida. Hasta donde él sabía, nunca había tenido una familia de verdad, posiblemente con excepción de Judith. Donna no entendía, y a él le dolía reconocerlo, que a pesar del cariño que sintiera por su hermana, podía abandonarla, cosa que él era incapaz de hacer.

Su atención se centró en el puño de ella, que descansaba sobre el periódico. Llevaba el reloj de correa negra, feo y práctico.

Le tomó la mano.

—¿Dónde está el reloj que te regalé?

Ella sonrió casi con tristeza.

—Es muy importante para ti, ¿verdad? Ver tus esposas en mi muñeca. Creer que te pertenezco.

Estaba en lo cierto, desde luego. Él ansiaba experimentar ese sentimiento de posesión. Y la deseaba a ella, aunque no la quería demasiado cerca.

El secreto del éxito residía en saber delegar. Él lo hacía en su trabajo, pero sus asuntos personales eran demasiado importantes para encargárselos a terceras personas. Ya tenía bastante con Libby y Blade. No deseaba añadirles la preocupación de una esposa y, en un futuro próximo, la de otra familia a la que mantener y por la que angustiarse. Dirigir una empresa multimillonaria era más sencillo que resolver una crisis familiar.

Tres días antes, cuando habían dejado de comunicarse, creyó que Donna y él casi habían llegado a un acuerdo: juntos podían compartir buenos momentos sin complicaciones añadidas.

Quería que ella lo entendiera, pero no hallaba las palabras adecuadas para explicárselo.

Le buscó la mirada.

—Quiero que formes parte de mi vida.

Donna lo miró con sincera compasión.

—Es la frase más narcisista que he oído en mi vida.

Tate pasó el dedo por la costura de su falda roja.

—No finjas que no me deseas.

La química que había entre ellos era explosiva. Incluso allí, él se estaba excitando. Le puso la mano en el muslo, pero ella lo detuvo.

—Aunque me gustaría tener un collar de un millón de dólares –le dijo–, no voy rompiendo escaparates para conseguirlo.

—No tenemos que hacernos daño –puso la mano en la de Donna y la apretó–. Cuando se acabe el juicio…

—¿Qué? ¿Seguiremos durmiendo juntos y comeremos perdices?

El tono sin vida de aquellas palabras y los ojos brillantes de Donna le hicieron reflexionar.

¿Quién establecía las reglas de cómo debía ser el final de un cuento de hadas? Para él eran dos personas que se necesitaban a todas horas, día y noche. ¡Por Dios! Donna y él podían ser felices.

Ella apartó la mano y lo empujó para que se apartara.

—Tengo que irme a trabajar.

Él se levantó.

—Te llevo.

—Hazme un favor –agarró las gafas y se puso en pie–. No me hagas más favores.

Sonó el teléfono que llevaba en el bolso. Rebuscó con torpeza en su interior y presionó el botón para hablar demasiado tarde. Miró la pantalla del móvil y lanzó una maldición.

No era difícil saber de quién era la llamada: Cruella de Vil.

Tate se apretó el nudo de la corbata y adoptó una expresión de interés.

—¿Viste ayer a Maeve como habías planeado?

Apostaría lo que fuera a que Maeve también había estado ocupada ese día. ¡La muy bruja!

Donna cerró el móvil.

–Eso es información confidencial.

A Tate no le gustaba que frecuentara a aquella mujer. Le daba igual que fuera por preocupación o por deseo de control, ya que él sabía lo que sabía. Cuando aquel asunto se destapara no quería que Donna se viera atrapada en el medio.

Sacó un billete de la cartera y lo puso debajo del jarrón de rosas.

–¿Cuánto necesitas para los gastos de mantenimiento de las casas que proyectas? –se metió la cartera en el bolsillo de la chaqueta–. Aún no he efectuado mi donación.

–No quiero tus sobornos. Aléjate de mí y de mi proyecto, y eso incluye a sus benefactores.

Tate apretó la mandíbula.

No podía hacer ninguna de las dos cosas.

Recogió el periódico, se lo puso bajo el brazo y la siguió hasta la puerta. Ella se fue hacia la izquierda taconeando con sus atractivos zapatos rojos y, finalmente, él fue hacia la derecha.

Durante la media hora siguiente deambuló por su despacho como un león enjaulado. Cuando por fin abrió su archivador privado, le pareció que la cabeza le iba a estallar.

«No te exaltes», se dijo. «Piensa antes de actuar».

Sacó dos carpetas con cuidado; en una se leía Blade y Donna; en la otra, DeWalters. Después de inspirar profundamente, fue a su escritorio y descolgó el teléfono.

Donna pronto se enteraría… Esta vez iba a ir hasta el final.

Capítulo Nueve

Donna abrazó a Libby riéndose y la apretó con fuerza. Era maravilloso volver a verla y, además, tan pronto. Cuando Tate y ella se habían separado de mala manera la semana anterior, decidió que no iba a consentir que su renovada amistad con la joven se enfriara. Resultó que Libby había tenido la misma idea.

La hermana de Tate se echó hacia atrás. Su hermosa cara estaba radiante y sus ojos de color violeta expresaban agradecimiento.

–¿Estás segura de que tienes tiempo? Comprar los muebles para mi piso nuevo no es un asunto urgente.

Donna estaba contenta por primera vez desde hacía semanas. Tomó a Libby por la cintura y entraron en la enorme tienda de muebles que, el día antes de Nochebuena, estaba decorada con espumillón y campanas plateadas.

–Me encanta poder ayudarte –observó la disposición ordenada de los comedores, los salones y los dormitorios, entre los que parpadeaban las luces de los árboles de Navidad–. ¿Vamos a inclinarnos por lo más moderno?

–Aún no sé lo que quiero. Todo está en el aire –Libby se mordió los labios–. No es que me haya sorprendido, pero Tate no se puso muy contento cuando se lo dije.

Donna siguió andando mientras reprimía un profundo suspiro. Aunque no quería oír hablar de Tate, sabía que a Libby le hacía falta desahogarse. Ella echaba de menos poder relacionarse así con una hermana, sobre todo en aquellos momentos, en que ciertos aspectos de su vida se estaban desmoronando.

Libby la condujo hacia el amplio pasillo donde estaban los comedores.

–A Tate no le ha sentado muy bien que me vaya a ir de casa. Tengo veintidós años. Tenía que imaginarse que pronto abandonaría el nido. Pero últimamente está de muy mal humor por el problema de Blade y la emisión de su nuevo programa, que le da continuos quebraderos de cabeza.

Donna hizo una mueca. Ella también estaba muy irritable. Maeve de Walters seguía posponiendo sus citas y, el día anterior, el Colegio de Psicólogos le había comunicado que tenía que presentarse ante el Comité de Normas Profesionales. Teniendo en cuenta que era inocente y que no había ocultado nada al responder a la acusación de Hennessy, lo único que cabía suponer era que el Colegio había extremado las medidas de control debido al artículo que había aparecido en el periódico.

Se ponía colorada cada vez que pensaba en ello.

La noche de la fiesta para recaudar fondos había accedido a la «petición» de Tate de que se entrevistara con Blade, pero también había dejado claro que su evaluación no estaría sesgada. ¿Le había dado él una muestra de su poder y de lo que la esperaba si seguía manteniéndose firme? Si era así, tendría que haber reconocido su intervención en la publicación del artículo. O tal vez ella estaba en lo cierto al haber sospechado de él y lo único que había pretendido era confundirla.

¡Por Dios! Estaba tan enfadada, molesta y cansada de que la manipulara que ya no sabía qué creer.

Libby se detuvo ante una mesa de piedra tallada. Pasó el dedo con timidez por el cristal rectangular de la parte superior.

–¿Quieres hablar de ello? Me parece que sirve de ayuda.

Donna la miró desconcertada.

–¿Hablar de qué?

–Creo que lo que te preocupa tanto tiene relación con mi hermano mayor. ¿Me equivoco?

Donna se puso frente a ella.

–Sí.

Pero no era verdad. Él no había vuelto a llamar desde el día que se vieron en el café, y ella tampoco había tratado de hablar con él. Una ruptura clara era justamente lo que quería. Sin embargo, por la noche daba vueltas en la cama mientras revivía mentalmente aquellas tres noches sensacionales con Tate. Volvía a oler el aroma a mango y a sal en el aire. Si cerraba los ojos, sentía su musculoso cuerpo sobre el suyo.

Libby puso la mano en el respaldo de una silla.

–No cometas el mismo error que Tate. No soy una niña. Quizá pueda ayudarte.

Donna se detuvo. Aunque Libby ya no tuviera die-cisiete años, se decía que la sangre tiraba. Le gustaría poder confiar plenamente en su amiga, pero ¿se podía confiar tanto en un miembro de la familia Bridges?

Libby rodeó la silla y se sentó.

–Me ayudaste mucho cuando te necesité. Tal vez ahora pueda hacer algo por ti. Déjame intentarlo –extendió la mano–. Por favor.

Era cierto que Donna necesitaba hablar con alguien. Desesperadamente. No podía hacerlo con sus colegas, y sus amigos ni siquiera conocían la existencia de Tate. Libby, por el contrario, lo sabía todo… o casi todo.

Donna se vino abajo. Tomó asiento.

–Tu hermano y yo… –tragó saliva–. Bueno, nos hemos vuelto a ver.

Libby no dijo nada durante unos instantes, mientras se colocaba un mechón de pelo detrás de la oreja.

–Supongo que cuando dices que os habéis visto, quieres decir algo más.

Donna suspiró bajo el peso de la culpa.

–Estás en lo cierto y, por muchos motivos, tiene que acabar.

–¿Por el conflicto de intereses con la evaluación de Blade?

–Hace una semana le dije a Tate que buscara a otra persona.

Libby enarcó las cejas.

–Eres muy valiente.

Con eso estaba dicho todo.

–Es que Tate es el hombre equivocado para mí.

El hombre equivocado para cualquier mujer que no quisiera verse dominada por un varón fuerte.

Libby se inclinó para agarrar las manos de Donna.

–Tate es un buen hombre. Lo que le pasa es que le cuesta entender que hacer lo mejor para sus seres queridos no implica que sus vidas tengan que estar supeditadas a su voluntad. A mi hermano no le gusta cometer errores, ni tampoco soporta la idea de que alguien a quien quiere sufra por un error –se encogió de hombros–. Trata de organizar las cosas por nosotros.

Donna sonrió contra su voluntad. Los defectos de Tate parecían estar justificados en las indulgentes palabras de Libby. Pero la triste verdad era que Tate no escuchaba, sino que se limitaba a hacer lo que consideraba necesario sin importarle la opinión de nadie.

Ella creía que las cosas no debían ser así.

–Tate necesita a alguien que esté dispuesto a que tome todas sus decisiones por él –sin tener en cuenta sus sentimientos–. Hay mujeres que le entregarían encantadas las riendas de su vida a un hombre poderoso y atractivo.

Pero no era el caso de ella. Quería sentirse protegida, no manipulada.

Libby pareció elegir cuidadosamente las palabras.

–No creo que Tate quiera estar con ninguna otra mujer.

–Dale unos días.

–No ha tenido una relación seria desde que rompisteis.

Los ojos le quemaban, y Donna bajó la cabeza. Aquello le estaba resultando más difícil de lo que creía.

–Te lo agradezco, Libby, pero no tienes que intentar que me sienta mejor.

–¡Es verdad!

Donna apretó los dientes, pero al final tuvo que decirlo. Había guardado ese secreto en su interior durante tanto tiempo que le pareció que iba a estallar.

Hizo un esfuerzo para que no le temblara la barbilla.

—Vi a Tate besar a otra mujer menos de un mes después de romper con él —después de aquella noche desgarradora en que la había dejado sola para enfrentarse a unos invitados que mostraban su preocupación.

Libby frunció el ceño antes de abrir los ojos como platos.

—¡Dios mío! ¡Te refieres a Madison, su asistente personal!

—No sé quién era esa mujer. Lo único que sé es que vi cómo se besaban en los labios en el coche de tu hermano, frente a tu casa.

Libby sonrió.

—¿Has vuelto para hacer las paces con él?

¡Vaya! ¿Por qué no ser totalmente sincera y decir lo que sentía?

—Me he dicho que venía a ver si estabas bien. Pero eso es verdad a medias —se le contrajo el estómago—. He sido débil —y una estúpida redomada.

Libby negó con la cabeza.

—Tate no llegó a salir con esa mujer. Madison era una cazafortunas. No dejaba de autoinvitarse a supuestas cenas de negocios. Proclamó a los cuatro vientos, incluso delante de mí, que si Tate estaba disponible, ella también. Supongo que debió de pillarlo por sorpresa en el coche. No me extrañaría que lo hubiera hecho. Recuerdo que Tate la despidió sin decir por qué, pero Blade y yo lo sabíamos.

El ruido y el ajetreo que las rodeaban desaparecieron. A Donna comenzaron a silbarle los oídos. Era evidente que Libby decía la verdad.

Durante todos aquellos años había creído que Tate se había olvidado de lo viejo y había elegido algo nuevo, que había encontrado a otra mujer unas semanas después de la ruptura. ¿En qué más se había equivocado?

Libby se levantó.

–Mañana me voy dos semanas a Bali con unos amigos. Blade está con Kristin en algún sitio –enarcó las cejas–. Creo que a Tate le vendría bien un poco de compañía.

Un destello de esperanza, débil como un susurro, apareció en la oscuridad. Pero un malentendido que se hubiera producido en el pasado no excusaba la forma de actuar de Tate en el presente: en esencia, la había coaccionado para que realizara la evaluación psicológica de Blade; después había manipulado la situación y sus sentimientos para acostarse con ella. Pero tal vez ya hubiera tenido bastante.

–Hace más de una semana que no me llama.

Libby inclinó la cabeza.

–Apuesto lo que quieras a que se lo está pensando.

–O intentando por todos los medios encontrar una sustituta para que haga el informe de Blade y se acueste con él –Donna se sintió avergonzada–. Lo siento, no tenía que haberlo dicho.

–Estoy segura de que no se trata de eso –Libby se puso seria–. Mi hermano es testarudo y tiene verdaderos problemas para reconocer que no puede tenernos entre algodones y que equivocarse es muy positivo por las lecciones que implica. Creo que necesita que lo ayudes a darse cuenta de lo positivo que puede resultar.

¿Eran palabras sabias o un deseo sin base real?

Donna la miró a los ojos.

–¿Cuántos años tienes?

–Los suficientes –Libby se echó a reír–, y Tate tendrá que aceptarlo antes o después.

Durante el resto de la tarde, Donna trató de concentrarse en los muebles, pero seguía dándole vueltas a la cabeza.

Se había librado del caso de Blade y del dilema ético que le suponía. Tate no se había enamorado de la primera rubia que se había pavoneado ante él después de la ruptura de su compromiso. No tenía pruebas que demostraran que había filtrado la información sobre la acusación de Hennessy, como había creído.

Pero el mayor problema seguía sin solucionarse: la prepotencia de Tate, la actitud de «sé qué es lo mejor, así que no te molestes en preguntar». Tampoco podía dejar de reconocer que la había amenazado con emitir la historia, a pesar de que inicialmente hubiera comprado los derechos para ayudarla, no para hacerle daño.

Tal vez si se esforzara en dejar atrás el pasado… si le diera a Tate la última oportunidad… si le abriera su corazón hasta lo más hondo…

Tal vez.

Capítulo Diez

El timbre de la puerta principal comenzó a sonar por los pasillos vacíos de la casa de Tate.

Pertrechado tras su escritorio, leyó por encima el guion que llevaba casi toda la tarde escribiendo. Se hallaba completamente enfrascado en la tarea y le molestó verse interrumpido.

Mientras se abotonaba la mitad inferior de la camisa y se la dejaba por fuera de los pantalones, examinó el título del guion: *Los buenos actos o la confianza traicionada.* No estaba mal. Un poco sensacionalista. Disponía aún de dos semanas para dejarlo listo, pero solo de ese tiempo. La preproducción del programa iba muy atrasada, y la serie de historias que tenía entre manos era uno de los motivos principales del retraso.

Llevaba demasiado tiempo posponiendo su escritura. Ya estaba bien.

De camino hacia la puerta principal, el timbre volvió a sonar. Lanzó una maldición y aceleró el paso.

El ama de llaves no estaba porque había ido de visita. Blade, muy contento, estaba con Kristin en algún lugar. Libby iba de camino a Bali. Tate esperaba que hubiera cerrado las maletas con llave.

Solo se le ocurría una persona a quien deseara ver, pero no había conseguido hallar el mejor modo de hacerlo, sobre todo cuando la porquería estaba a punto de extenderse por todas partes.

Se pasó la mano por el pelo y abrió la puerta.

Lo asaltaron una sensación de sorpresa y una excitación inmediata.

Donna le sonrió y se aclaró la garganta.

—Yo… me han dicho que estabas solo esta noche, así que he pensado en hacerte una visita.

Con una botella de champán, ni más ni menos.

Tate recuperó la respiración y abrió del todo la pesada puerta. Ella llevaba las bronceadas piernas desnudas bajo un minivestido rosa. Tenía uno de los pies, calzados con sandalias blancas planas, ligeramente hacia dentro. ¡Por Dios! Estaba encantadora.

Su acelerado deseo tropezó con un bache: si ella se enteraba de lo que estaba escribiendo, le estamparía la botella en la cabeza. Y no podía seguírselo ocultando eternamente.

Donna echó hacia atrás un pie.

—Si estás ocupado…

Tate salió de su estupor de inmediato y le rodeó los hombros con el brazo. El dorado bronceado que había conseguido durante el fin de semana que habían pasado juntos seguía reluciente.

La condujo al vestíbulo.

—No estoy ocupado —ya no—. Dame eso.

Donna, un poco vacilante ante su contacto, le entregó la botella y se estiró el vestido. Sus grandes ojos parpadearon como si tuviera algo que confesarle. Él se guardaría su confesión para mucho después.

La tomó de la mano y la llevó por un ancho pasillo hasta su salón privado.

–No esperaba verte.

Ella casi lo miró a los ojos.

–Este año los dos estamos sin familia, así que me pareció que era lo correcto.

Tate asintió. En Navidad era cuando más echaba de menos a sus padres. A menudo se había preguntado qué se sentiría al no tener recuerdos familiares en aquella época del año, o en cualquier otro momento. ¿Sería similar a no haber probado el chocolate, por lo que no se podría echar de menos? ¿O sería más bien como verse privado de comida y darse cuenta, cada día que pasaba, de que uno se moría de hambre?

Si alguien sabía la respuesta, era Donna.

Solo le había hablado una vez del tiempo que pasó con familias de acogida. Libby, Blade y un par de amigos se mostraron muy interesados. Donna seguía sin saber en qué medida sus recuerdos de aquel día habían contribuido, de manera involuntaria, al problema que tuvo Blade en la noche de la fiesta de compromiso. De momento era mejor mantenerla en la ignorancia.

La introdujo en el salón, que tenía un mueble bar y una chimenea de mármol, aunque el verano no era época de usarla. Encendió las luces de baja intensidad para no estar a oscuras. Atravesó la habitación, abrió la ventana y la invitó a que observara la vista panorámica del cielo estrellado. La dejó allí, con las manos entrelazadas, mientras iba a descorchar la botella.

Volvió a su lado, se detuvo un momento para aspirar su aroma a pétalos de rosa y le puso una copa en la mano temblorosa. Se fijó en sus labios entreabiertos mientras bebía un sorbo, y por fin habló.

–Me imagino que se han acabado las sospechas.

Donna apretó los labios con fuerza.

–Vuelve a decirme que no tienes nada que ver con ese artículo del periódico.

El tono esperanzador de su voz le aceleró el pulso. Quería cerrar los ojos y pasarle la lengua por los labios hasta poder saborearla profundamente.

En lugar de ello, y para tranquilizarla, se lo repitió.

–No tengo nada que ver con esa historia. Pero ya lo sabes, o no estarías aquí.

–En realidad, ha sido idea de Libby –dijo ella–. Ayer por la tarde estuve ayudándola a elegir muebles para su piso. Parece que el pollito abandona el nido.

Desconcertado, Tate negó con la cabeza.

–Libby tiene su trabajo y va a la universidad. Al vivir aquí no tiene que preocuparse de pagar facturas, ni de tener el coche a punto, ni de cocinar, ni de lavar…

–Me parece que está deseando experimentar todo eso. Llega un momento en la vida de una persona en que necesita marcharse, y los padres deben dejar que lo haga.

La examinó: parecía muy entendida y, sin embargo, carecía de experiencia personal sobre lo que era ser madre; ni siquiera había conocido a sus padres. Sacar adelante a una familia no era tan fácil como algunos creían. Donna se daría cuenta cuando tuviera hijos.

Tate desechó ese pensamiento con un movimiento de cabeza y se separó ligeramente de ella.

Donna siguió hablando.

–¿Blade sigue escondido con Kristin?

Tate pensó si debería sentarse en el sofá o ser más sutil. Ambos sabían para qué estaba ella allí. El champán era bueno, pero que sus piernas se entrelazaran en sus caderas sería mucho mejor.

Al débil resplandor de las luces, Tate se sentó en la gruesa alfombra y se puso cómodo, con un brazo sobre la rodilla levantada y el otro apoyado detrás de sí.

–Blade no me ha dicho dónde están. Desea una completa intimidad, lejos de los medios de comunicación, para ver si encuentran el modo de seguir adelante juntos.

–¿Le parece bien que tu abogado le esté buscando otro psicólogo para evaluarlo?

–Está encantado. De hecho, fue él quien insistió en que lo hiciera.

Cuando Donna frunció el ceño como si no lo entendiera, tuvo que explicárselo.

–Le conté la verdad sobre nuestro viaje a Queensland: que yo lo había organizado todo y que tú no tuviste prácticamente más remedio que apuntarte.

Donna le dedicó una sonrisa.

–Parece que comienzas a tener conciencia.

La había tenido años atrás, y ahí habían comenzado los problemas.

Ella, que aún seguía de pie, tomó otro sorbo de champán.

–Espero que todo le salga bien.

Tate estaba convencido de que los cargos de agresión que el cámara de la cadena televisiva de la competencia había presentado contra Blade carecían de base. Sin embargo, como conocía el sistema legal, era difícil saber cuál sería el veredicto en el juicio. Para

Blade, lo más importante era no ir a prisión, sobre todo en aquellos momentos, cuando Kristin había vuelto a formar parte de su vida.

Tate frunció el ceño.

–Blade tendría más posibilidades si Cruella deWalters dejara de meter las narices donde no le importa.

Donna sonrió.

–Bonito apodo.

No era bonito, sino adecuado.

Con una inclinación de la barbilla, él le indicó que se sentara a su lado.

–¿Has llegado a algún acuerdo con nuestra querida Maeve?

Donna vaciló, pero se sentó con precaución, un poco separada de él.

–Todavía no.

–Tal vez no quiera comprometerse –dijo él mientras dejaba la copa en el suelo.

–No digas eso. Ahora sé todo lo que ha pasado entre vosotros y comprendo cómo te sientes. Pero su apoyo económico y su nombre son vitales para mi proyecto. Nadie más se ha ofrecido a darme semejante apoyo.

Él lo había hecho aquel día en el café, al menos de manera informal. Y tal vez siguiera siendo una opción, si Donna le seguía hablando al cabo de un mes.

Se aproximó a ella.

–¿Cuándo necesitas el donativo de Maeve?

–A finales de enero.

Justo antes de que comenzaran a medirse los niveles de audiencia televisiva. Pero esa noche quería olvidarse del trabajo.

Como sabía que no era el único que quería dejar de pensar en el futuro, tomó la copa de Donna y la puso en el suelo al lado de la suya. Le acarició la mejilla con el dorso de la mano y luego descendió hasta sus senos mientras la besaba ligeramente en los labios.

Ella gimió suavemente al sentir el contacto de sus labios, pero se separó lentamente de él.

—Tate, no voy a fingir. Quiero volver a estar contigo... lo deseo de verdad. Pero antes tenemos que hablar de nosotros... de nuestro futuro.

Él sonrió.

—Lo que me interesa es lo que pasa ahora.

La volvió a besar, y la satisfacción que le produjo su respuesta se extendió como un fuego salvaje por su interior, provocando en él la necesidad de saltarse los preliminares y hacerla suya sin demora.

Cuando sus labios se separaron, la mirada de ella había perdido casi toda su determinación anterior.

—Deberíamos hablar.

Él la besó en la mandíbula y luego en la mejilla.

—No puedo olvidar las noches que pasamos en Queensland —dijo él con voz ronca—. ¿Y tú?

Ella suspiró.

—Estoy aquí, ¿no? Pero tengo que saber qué pasará después.

Él también.

Su lengua se deslizó desde la mejilla de Donna hasta su garganta.

—¿Voy muy deprisa?

Ella sintió un escalofrío antes de volver a suspirar. Por último, se dio por vencida y echó la cabeza hacia atrás, para que pudiera besarla mejor.

–Siempre vas muy deprisa.

La alfombra era mullida, las luces estaban bajas y nadie los iba a interrumpir. Él la echó hacia atrás para tumbarla.

–Te he echado de menos –le dijo él.

Gracias a Dios que al día siguiente era fiesta. Esperaba que lloviera para poder estar todo el día en la cama.

Ella estiró el cuello para encontrar su boca al mismo tiempo que le metía las manos por la camisa abierta. Cuando él la besó más profundamente y las manos de ella le acariciaron el pecho, uno de los botones de la camisa saltó. Cada vez más excitado, Tate tiró de un faldón de la prenda y la desabrochó por completo. Luego agarró el vestido de ella y tiró hasta que consiguió sacárselo por la cabeza.

Al contemplarla sin sujetador y con unas braguitas rosas tan atractivas que casi pensó en dejárselas puestas, su erección chocó con fuerza contra la cremallera de los pantalones.

Tomó sus senos entre las manos y, amorosamente, trazó un círculo con la lengua en los pezones. Ella se removió debajo de él mientras sostenía su cabeza con una mano y, con la otra, le intentaba sacar la camisa por el brazo derecho.

–Quiero estar aquí contigo así –murmuró ella con la voz ronca que él adoraba–. Pero tienes que saber que necesito más.

La lengua de Tate se detuvo, pero volvió a recuperar el ritmo. Su mano descendió por el estómago de ella y se introdujo en el triángulo rosa, entre sus muslos calientes.

–¿Qué más necesitas? –le rozó un pezón con los dientes.

Ella gimió suavemente mientras le acariciaba la cabeza.

–Algo más que sexo.

Al oírla pronunciar esa palabra, se produjo una explosión de deseo en su organismo. Se apoyó en un codo y una rodilla para levantarse y quitarse los vaqueros.

–¿Cuánto más? –le preguntó con voz profunda.

El cuello esbelto de ella se inclinó mientras tragaba saliva. Alzó la vista para mirarlo directamente a los ojos.

–Tal vez más de lo que estés dispuesto a darme.

Él sabía adónde los iba a llevar aquello y por qué lo decía en aquel momento: quería que se comprometiera. Ella había dejado muy claro que eso era lo último que deseaba de él, pero parecía más que evidente que, aquella noche, era lo que quería. Sin embargo, ese camino ya lo habían recorrido hacía años y habían terminado mal. En aquel momento, él quería una relación sin complicaciones, sin conversaciones sobre bodas y, posteriormente, sobre pañales. Tenía toda la responsabilidad que podía asumir con Blade, Libby y la cadena de televisión. No quería más. Pero deseaba con todas sus fuerzas aquello: a Donna en sus brazos.

Agarró unos cojines del sofá y volvió al lado de ella, que se abrazó a su pecho. Él le tomó una mano y la condujo hasta su erección. Mientras ella lo acariciaba y en el interior de él se multiplicaban e intensificaban sensaciones maravillosas, la abrazó con más fuerza.

–Te daría todo si pudiera –reconoció.

Ella enlazó una pierna con la suya, levantó la cabeza y lo besó con tanto sentimiento que él se avergonzó de cómo la había tratado. No hubiera querido presionarla la noche de la fiesta de recogida de fondos; no hubiera querido poner otras consideraciones por delante de los sentimientos de Donna. No quería hacerlo en aquel momento y no hubiera querido hacerlo en el pasado.

Cuando ella retiró suavemente la boca, le frotó la punta de la nariz con la suya.

–¿Y el amor?

La pregunta lo penetró y se le enroscó en el pecho.

–¿Me quieres, Tate?

Él le apartó la mano y le quitó las bragas. Se situó encima de ella y la penetró. Mientras ella se arqueaba debajo de él, le acarició las mejillas con los dedos y con la boca, probando su textura y aroma.

Donna era la única mujer que le hacía olvidar los problemas que se acumulaban en el mundo exterior: que Libby se marchaba de casa, que Blade estaba metido en un lío, el nuevo programa, Maeve deWalters y sus chanchullos… Pero seguía teniendo suficiente sentido común…

Una confesión de amor en aquel momento implicaría promesas que no podría cumplir.

Ella entrelazó su brazo izquierdo con el derecho de él y le acarició la espalda.

–Una vez me dijiste que me querías.

Él frunció el ceño e incrementó el ritmo.

Sus sentimientos habían cambiado. Tal vez eran más intensos, pero eran diferentes. No estaba seguro de nada más que del sabor de ella, del tacto de su piel, de su calor, que envolvía todo su ser.

Un estallido se produjo en sus venas. Interrumpió el beso y la mordió con fuerza. Se llenó los pulmones de aire y apretó todos los músculos ante aquella necesidad enloquecedora y exquisita de explotar.

–Quiero que formes parte de mi vida –le repitió.

–¿Lo suficiente como para volverlo a intentar?

Mientras ella le susurraba esas palabras al oído, Tate se rindió a la necesidad y se dejó ir. En su mente aparecieron puntitos de luz que se extendieron a velocidad vertiginosa por sus venas. Mientras el *tsunami* se elevaba, alzó a Donna contra sí y se derramó dentro de ella, al tiempo que sentía que ella también alcanzaba el éxtasis.

Cuando las luces de colores desaparecieron de su mente y el entorno comenzó a materializarse de nuevo, solo tuvo dos pensamientos: el primero, que había sido un orgasmo notable.

–No me he puesto un preservativo –fue el segundo.

Capítulo Once

Donna flotaba lentamente de vuelta a la realidad cuando oyó las palabras de Tate. Acurrucada contra su musculoso pecho, abrió los ojos y vio que estaba lívido del susto.

Él le buscó los ojos.

—Siempre he usado protección. Es la primera vez que se me olvida.

Donna le acarició con un dedo el áspero hoyuelo de la barbilla.

—Llegué de repente, y ha sucedido todo muy deprisa.

En realidad, la mutua excitación había sido meteórica. Innegable. Incluso en aquel momento, ella no se daba cuenta claramente de hasta qué punto.

La expresión de Tate se ensombreció.

—Eso no lo justifica. ¿Usas tú protección?

Ella negó con la cabeza.

—Lo siento.

Pero en la fase del ciclo en que se encontraba, era poco probable que concibiera. Y sin embargo…

A pesar de que no había tenido intención de tener relaciones sexuales sin protección aquella noche, ya que había sucedido, no podía negar que la idea de quedarse embarazada de Tate le resultaba atractiva. Tenía veintiocho años. Tate iba a ser su único amor; nadie podría hacerle sombra ni sustituirlo. Ella deseaba una familia, lo había hecho desde que tenía uso de razón.

Pero él no había contestado a su pregunta. ¿Era posible superar las dificultades y volver a intentarlo?, ¿casarse?, ¿fundar esa familia?

Tate se separó un poco de ella apoyándose en los codos. La miró con el ceño fruncido. Sus ojos azules como el mar se infiltraron en su alma.

–Lo siento.

Su brusca disculpa la dejó sin respiración, pues supuso que aquello contestaba en parte a su pregunta. Era evidente que lo sentía mucho más por sí mismo que por ella.

Se separó poco a poco de él y agarró la camisa de Tate. Trató de mantener un tono despreocupado.

–Es responsabilidad de los dos, Tate. Tengo tanta culpa como tú.

La había elevado a tales alturas con tanta rapidez que no había pensado en protegerse. Por primera vez se habían acostado como lo harían marido y mujer, como una pareja que se sintiera mutuamente protegida y deseara tener hijos. En último término, eso era lo que dos personas que experimentaran tales sentimientos debían hacer: casarse y fundar una familia. Pero parecía que Tate no estaba tan seguro.

La cabeza le daba vueltas y, con aire ausente, introdujo los brazos en la camisa. Aunque todavía ardía por dentro, se envolvió en ella.

Se fijó en el belén que estaba montado bajo un minúsculo árbol de Navidad en la repisa de la chimenea.

Se puso de pie. Él estaba muy callado y Donna se percató de la tensión que desprendía.

Con la punta de los dedos recorrió el tejado del pequeño establo.

–¿Quieres que me vaya?

Su voz ronca le llegó desde atrás.

–Claro que no. Estoy… recuperando el aliento.

Ella agarró el minúsculo pesebre y examinó al bebé envuelto en pañales que había en él. Una intensa sensación de fatalidad se apoderó de ella. Si estaba embarazada, ¿cómo reaccionaría Tate? Frente a los hechos consumados, era seguro que acabaría por dejarse convencer.

Aunque era excesivamente concienzudo y, sí, frustrantemente arrogante en algunos aspectos, nadie podía acusarlo de ser un mal padre sustituto. Pero Blade y Libby estaban buscando su camino. Si ellos iban a vivir su vida, Tate debería sentirse libre para centrarse en la suya. Si se convirtiera en un padre de verdad, ¿no serían el bebé y ella su máxima prioridad?

Donna suspiró y dejó el pesebre en su sitio.

Había dejado correr la imaginación. Lo más probable era que no estuviera embarazada, pero, por lo menos, sabía que estaba preparada…

En el caso de que Tate le volviera a pedir que se casara con ella.

Se volvió hacia él y se dio cuenta de que necesitaba estar sola durante unos minutos.

–¿Puedo ir al cuarto de baño?

Tate, que se había vuelto a poner los vaqueros, se peinó con los dedos y se le acercó. Le puso la mano en el hombro y la besó en la sien.

–¿Hay algo que podamos hacer? Al final de la calle hay una farmacia que abre toda la noche. ¿No tendrán la píldora del día siguiente?

Se sintió sofocada de dolor e irritación. Se sujetó la camisa alrededor de la cintura a modo de protección y se encogió de hombros.

–No lo sé –no tenía ganas de hablar de aquello.

–Tal vez deberíamos tomar el coche y…

Ella esquivó su intento de acariciarla y se dirigió al cuarto de baño.

–Con una vez es suficiente para quedarse embarazada, Donna.

–En este momento del mes, no –se mordió los labios para que no la traicionara la emoción.

«No te preocupes, Tate», pensó. «Estás a salvo».

Él habló en voz baja y ronca.

–Pronto saldremos de dudas.

Sí, pronto lo sabrían y solo uno de ellos tendría lo que deseaba. Esa persona generalmente era Tate.

El día de Navidad Donna se despertó en la cama de Tate, rodeada por sus fuertes brazos protectores.

Antes de que tuviera tiempo de reflexionar sobre sus sentimientos con respecto a la noche anterior, él extendió la mano hacia la mesilla y le dio un precioso frasco de perfume francés con un lazo. Desconcertada, contuvo las lágrimas de felicidad, desató el lazo y se echó un poco de aquella sutil fragancia en el pelo.

Él se aproximó y le murmuró que estaba seguro de que era perfecto para ella. Y no quiso ni oír hablar de que a ella le disgustara no tener ningún regalo para él: aquella Navidad tenía todo lo que deseaba.

A pesar de la débil corriente subterránea de inquietud que invadió a Tate, de su preocupación por haber sido tan olvidadizo la noche anterior, para Donna fue la mejor Navidad de su vida: solos los dos todo el día, toda la noche, con la nevera llena de comida navideña, dejando pasar las horas plácidamente en la piscina y, más tarde, en la cama.

Pero el sueño no duró mucho.

A mitad de la semana, él tuvo que volver al despacho, pero, como Libby estaba de viaje y Blade seguía con Kristin, cuando se veían al final del día tenían todo el tiempo para ellos. Sin embargo, cada vez que ella trataba de hablar del futuro, él cambiaba de tema, generalmente besándola hasta que se olvidaba de todo excepto del placer de la boca de él en su cuerpo.

Era evidente que Tate no quería hablar de ello. Aunque había momentos en que, cuando Donna estaba convencida de que debían hacerlo, no hallaba el modo de plantear el tema.

A principios del nuevo año, a Donna le estalló su burbuja de felicidad. Sabía que la de Tate también lo haría. El Colegio de Psicólogos iba a continuar investigando sobre ella, y aquello solo era el principio.

Con un nudo en el estómago, llegó al despacho de Tate al final de la mañana. Su ayudante le dijo que estaba en el piso de abajo preparando una sesión de montaje. Donna tomó el ascensor para bajar y lo buscó hasta hallarlo en una de las cabinas. Vio que estaba solo, sentado frente a un panel de instrumentos y monitores de alta tecnología, absorto en sus notas.

Ella preparó el discurso que había ensayado, y el estómago se le contrajo aún más. Iba a entrar cuando apareció Blade corriendo por el vestíbulo. Era evidente que no la había visto.

Donna sonrió pensativa.

En otro tiempo lo único que le había inspirado el hermano de Tate era un gran enfado. Le había echado la culpa de la ruptura con este, aunque reconocía que la última noche fue la explosión final de una bomba que llevaba mucho tiempo conectada a una larga mecha encendida. Esperaba, por el bien de Blade y de Kristin, que lo declararan inocente de los cargos de agresión presentados en su contra cuando los periodistas lo habían acosado y había dado un empujón a un cámara, que mostraba un celo excesivo en su trabajo, para que lo dejara pasar. Todo el mundo merecía ser feliz.

Dejó de pensar en la conducta de Blade, tomó aire y empujó la puerta. El ceño fruncido de Tate al levantar la vista de las notas se evaporó para volver de modo aún más pronunciado. De pronto se le oscureció la mirada, echó a un lado las notas, se levantó de un salto y se plantó delante de ella sosteniendo la puerta con las manos.

Su sonrisa parecía forzada.

—¿Qué haces aquí?

Ella parpadeó. No había pensado en encontrarlo tan agitado. Quizá debería haber esperado hasta la noche, pero no podía.

Ensayó una sonrisa provocadora.

—¿No me das un beso de bienvenida?

La besó en la mejilla y la obligó a darse la vuelta.

—Nos vamos de aquí. En esta cabina no se puede respirar. Vamos a tomarnos un café.

El tono era cortante, y su expresión, casi culpable.

Entonces ella vio la imagen, por triplicado, que había en la pantalla de los monitores.

Una sensación mareante, se apoderó de ella. Se dio la vuelta, esquivó a Tate y se quedó mirando los monitores con la boca abierta. Señaló las pantallas.

–¿Qué hace Maeve deWalters ahí?

El pelo rojo brillante de Maeve estaba tan bien peinado como siempre. La imagen congelada parecía la de un retrato reciente tomado detrás de los falsos barrotes de una celda.

Tate suspiró y maldijo entre dientes.

–Bueno, alguna vez tenías que enterarte.

Donna comenzó a sentir náuseas mientras la frente se le cubría de gotitas de sudor. Se giró hacia él.

–¿Enterarme de qué?

Tate salvó la distancia que los separaba de un solo paso. La sujetó por los hombros con sus manos poderosas, como si quisiera transmitirle su fuerza para que mantuviera la calma.

Donna se habría caído al suelo si él no la hubiera agarrado, ya que las piernas no la sostenían. Parecía haberse quedado sin impulso vital y haber perdido toda la confianza que tenía en Tate.

En ellos dos.

–Lo vas a hacer, ¿verdad? –preguntó a pesar del nudo que tenía en la garganta–. Vas a hacer un reportaje sobre Maeve y, de paso, destruirme. Supongo que tu siguiente historia será la de Hennessy.

Tate le apretó los hombros.

–No tengo intención de destruirte. Lo que trato es de salvarte.

–Entonces, ¿por qué no has tenido la consideración de contármelo en vez de dejar que me entere de esta forma?

–Traté de decírtelo.

¿Se refería a la conversación de aquella noche en el bungaló?

–Me dijiste que creías que Maeve era una persona corrupta y que sería mejor que buscara apoyo económico en otra parte, no que tuvieras pruebas contundentes y que estuvieras preparándote para proclamarlas a los cuatro vientos.

–Ya va siendo hora de que alguien lo haga. Maeve deWalters ya era una sinvergüenza cuando mis padres murieron. En la actualidad, su asesor económico y sus cuentas en paraísos fiscales le facilitan enormemente la canalización de sus fondos.

Donna se cruzó de brazos.

–¿Qué pruebas tienes?

–Las suficientes, y de fuentes fiables. Pero tengo que mantenerlas en secreto. Hay que calcular muy bien el momento de sacarlas a la luz por dos razones.

–La primera será que tienes miedo de que alguien te eche en cara tu necesidad de venganza.

Tate hizo caso omiso de su burla sobre el papel que Maeve había desempeñado en la muerte de sus padres.

–Esto forma parte de mi trabajo. Un periodismo de denuncia es la base del nuevo programa. La historia saldrá a la luz en cualquier caso. Lo que hay que preguntarse es si la emitimos nosotros primero o dejamos a otros el privilegio de hacerlo.

Años de frustración y de dolor se agolparon en el

pecho de Donna haciéndole tanto daño que creyó que le iba a estallar.

–Entonces me imagino que te tengo que felicitar. Es una lástima que, de paso, me vayas a llevar por delante.

Había supuesto erróneamente que si Blade y Libby se valían por sí mismos, Tate podría centrarse en su vida de pareja. Había creído que tendría tiempo para ella, que tendría en cuenta sus sentimientos.

Se había olvidado de su trabajo. Sus sentimientos siempre ocuparían el segundo lugar con respecto a su adorada cadena de televisión.

Las lágrimas le nublaron la vista.

–No has cambiado.

Había tenido la esperanza de que su amor por él fuera capaz de hacerlo cambiar. Había sido un deseo sin ninguna base real. Una persona no cambiaba a otra persona, lo sabía mejor que la mayoría de la gente, pero la había cegado la euforia de volver a estar a su lado. Su amor por Tate no iba a cambiarlo. Nada lo haría.

Ni siquiera un hijo.

Él alzó la barbilla.

–Tengo un deber para con el público. No puedo dejar pasar esto ni barrerlo debajo de la alfombra.

–Supongo que tendrás un plazo de entrega. Y no podemos permitir que te derroten sin haber competido, ¿verdad?

Tate dio un bufido de impaciencia.

–Estás a punto de firmar un acuerdo con Maeve. Se os ve juntas en muchas partes: subastas, cenas, eventos especiales… Después de que se quede con su parte, dudo que ni siquiera un tercio de las donaciones se destinen a tu proyecto.

Era evidente que Tate no entendía.

–No se trata de que Maeve sea o no una persona corrupta. Estoy enfadada porque no tenías intención alguna de contarme esta historia hasta después de que se emitiera. Vas a lo tuyo y haces lo que crees que es correcto, y se supone que yo debo perdonarte posteriormente. Pero incluso aunque no me hubiera gustado lo que iba a oír, tenía derecho a que me contaras lo que estaba pasando.

Él siempre daba por descontado que aceptaría que la mantuviera en la ignorancia y que, por si fuera poco, la hiciera quedar como una imbécil. Pero eso no iba a volver a suceder. Nunca más.

Tate maldijo entre dientes de nuevo y se pasó la mano por el pelo.

–Iba a contártelo, pero tenía que encontrar… el momento adecuado.

–Es un poco tarde –le espetó ella–. Maeve y yo hemos resuelto los detalles esta mañana, justo antes de que me llegara un mensaje del Colegio de Psicólogos para que acuda a una reunión mañana. Supongo que la investigación sobre las acusaciones de Hennessy sigue adelante.

Tate permaneció inmóvil, mientras ella temblaba y trataba de adivinar en qué estaría pensando.

–Muy bien –dijo él–. Vayamos por partes. Lo primero es Maeve. No quiero que tu nombre se relacione en modo alguno con el de ella. Hacienda y otros departamentos gubernamentales examinarán con lupa sus libros de contabilidad y los de todo aquel asociado a ella. Hablaremos con mi abogado para que permanezcas al margen. Ya me encargo yo.

Sonó el teléfono. Tate lo miró, luego la miró a ella y descolgó el auricular.

Donna no pudo dejar de sonreír ante la ironía: autoritario, arrogante y predecible hasta el final. Para ella era uno de los peores días de su vida y, sin embargo, Tate no podía dejar que el teléfono sonara sin responder.

—Soy Bridges —apretó la mandíbula—. Pásamela —miró a Donna—. Esperaba esta llamada de Bali. Libby me dejó un mensaje hace media hora. Molly me dijo que parecía preocupada. Tengo que saber si se ha metido en un lío con las autoridades indonesias.

Donna no tuvo tiempo de preguntarse si Libby tendría problemas antes de que Tate cubriera el micrófono del teléfono con la mano.

—Creía que me ibas a dar otra noticia —Tate vaciló—, sobre la otra noche.

«Lo que quería decir era sobre el error que habían cometido», pensó Donna. Al haberse amado tan bien, tan plenamente, se les había olvidado usar protección. Sí, por supuesto, también había ido a verle por eso.

Tate frunció el ceño y estudió su rostro.

—¿Lo sabes ya?

Su expresión indicaba que estaba allí, que podía contar con él, pero, por debajo de la preocupación Donna leyó con claridad que se iba a encargar de arreglarlo.

Su sonrisa fue fría como el hielo. Habían pasado once días desde la noche en que ella le dijo que estaba en la última parte del ciclo y que no había que preocuparse. Pero las tres pruebas que se había hecho en casa, en días separados, habían confirmado sus sospechas después del retraso que había sufrido: estaba embarazada. Estaba segura.

–Está todo bien. No hay nada de qué preocuparse.

«Nada que quieras oír o que te pueda inquietar», pensó.

Tate cerró los ojos y suspiró como si quisiera darle gracias a Dios, unos instantes antes de apretar el auricular con más fuerza contra la oreja.

–¿Eres tú Libby? ¿Qué pasa?

Cuando el tono de voz de Tate fue normal y estuvo segura de que Libby estaba bien, ya que parecía que lo único que quería era prolongar su estancia otra semana, Donna salió de la cabina de montaje.

Estaba como atontada y se sentía más sola y vulnerable que nunca. Nada de lo que Tate dijera o hiciera cambiaría las cosas. El día que se vieron en el café había insinuado que haría una donación a su proyecto de casas de acogida. A pesar de que prefería morirse antes que pensarlo, en aquellos momentos casi hubiera deseado que el proyecto fracasara para no estar en deuda con él. Le había abierto las puertas de su corazón y él le había robado todo.

Bueno… no todo.

Capítulo Doce

Tate vio que Donna se daba la vuelta para salir y casi logró agarrarla del brazo.

¡Por Dios! ¡Si aún no habían terminado de hablar! Además del asunto de Maeve deWalters, Donna le había dicho que no estaba embarazada. Después de días de dudas, tenía la certeza de que no iba a tener un hijo.

–Libby, si no quieres nada más, tengo que irme. Hasta dentro de una semana.

Su hermana pequeña ya era una adulta que decidía por sí misma. En aquellos momentos, él ya tenía bastante con solucionar su vida.

Libby parecía preocupada al otro lado de la línea.

–¿Pasa algo? ¿Está todo bien entre Donna y tú?

–Lo estará.

Aunque tal vez se engañara, dada la mirada vacía con la que Donna se había marchado. ¿La habría perdido para siempre?

Colgó y, cuando estaba en la puerta, Blade apareció de repente y le bloqueó el paso.

–¡Eh! ¿Qué se está quemando? –preguntó levantando las manos.

Tate lo esquivó y salió.

–Te lo explicaré después –tenía que atrapar a Donna antes de que abandonara el edificio.

–Muy bien, pero pensé que querrías saber que ha llamado el abogado.

Tate se detuvo y se dio la vuelta.

–¿Qué pasa ahora?

–Nada –Blade se cruzó de brazos–. ¡Soy un hombre libre! La acusación ha retirado los cargos. Deben de haberse dado cuenta de que no tenían pruebas y no querrán desperdiciar más tiempo ni más dinero.

–Gracias a Dios que se ha acabado –dijo Tate. Siempre había sabido que el incidente no podía constituir un caso judicial.

No quería volver a preocuparse así nunca más, y estaba seguro de que Blade no se metería en más líos. Una extraña paz parecía emanar de su hermano desde que había vuelto con Kristin. Tate rezaba para que las cosas les fueran bien y los demás los dejaran en paz.

Blade le dio una palmada en el hombro al pasar.

–Voy a celebrarlo con mi chica.

Tate observó a su hermano mientras se alejaba por el pasillo.

–Hoy tenemos mucho trabajo.

En cuanto terminara de hablar con Donna, tendría que ponerse a ello. Estaba agobiado de trabajo. No tenía opción, y necesitaba que Blade lo ayudase.

Blade se dio la vuelta.

–Me encanta mi trabajo, pero más me encanta mi chica. Volvemos a compartir nuestras vidas. Si eso no es excusa suficiente para tomarse la tarde libre, no se me ocurre cuál puede ser. Donna y tú debéis sentir lo mismo ahora que volvéis a estar juntos –levantó la barbilla para aflojarse la corbata y miró a su alrededor–. Juraría que la he visto antes –de pronto puso una expresión de preocupación–. ¿Va todo bien en la senda del amor?

Tate no dejaba de repetirse aquella frase, «más me encanta mi chica», cuando se despidió de su hermano.

–Muy bien. Todo va de maravilla. Vete.

–Hasta mañana, entonces. Quizá –Blade le lanzó una mirada inquisitiva y se marchó.

–Aquí estaré –como cualquier otro día, incluso la mayor parte de los fines de semana, aunque acababa de disfrutar de aquel estupendo interludio en la costa. Que Donna hubiera estado acurrucada o riéndose a su lado le había dejado como nuevo, como si fuera más él mismo, una sensación que hacía años que no experimentaba.

¡Por Dios! ¡Donna!

Volvió a la cabina y llamó a recepción. Donna acababa de salir. La recepcionista la había visto tomar un taxi. Tate colgó el teléfono, alzó la vista y vio el desagradable rostro de Maeve que se mofaba de él desde los monitores.

«Bienvenido al resto de tu semana».

Apoyó las manos en el respaldo de la silla mientras por su cerebro desfilaban otras imágenes: sus padres diciéndole adiós mientras lo abrazaban, Blade despidiéndose con la mano, Libby diciéndole adiós, Donna queriéndoselo decir…

Las imágenes le estallaron en la mente y empujó la silla con fuerza contra la mesa.

Donna tenía razón, y no la tenía. Era cierto que quería vengarse de Maeve deWalters, que ansiaba ver a aquella arpía entre rejas, que era donde se merecía estar. Y también quería que Donna estuviera a salvo de la influencia de Maeve, pero sin escenas previas desagradables ni la posibilidad de que Maeve recibiera un soplo antes de que todo estuviera listo. En su opinión, si emitía la historia sin decírselo antes a Donna, ella tendría que entrar en razón y reconocer que a él no le había quedado otra alternativa. Sin embargo...

Había pensado lo mismo la noche de su fiesta de compromiso, al igual que todas las demás veces en que había fallado a Donna porque estaba convencido de que comprendería cuáles eran sus prioridades, que solían ser sus hermanos o su trabajo. No era ningún secreto que le gustaba hacer las cosas a su manera.

Pero, a fin de cuentas, ¿por qué iba Donna a entender o a aceptar su forma de proceder en el asunto de Maeve? Le había dicho que no había cambiado, y él estaba de acuerdo en que su costumbre de actuar primero y hablar después podía tildarse de arrogancia. Aquel día lo estaba pagando. El destino le había ofrecido una segunda oportunidad con Donna. Pero al tratar de controlar todo una vez más, ¿no había echado a perder el futuro que pudieran tener juntos?

Observó la cabina claustrofóbica en la que se hallaba.

Su vida adulta se resumía en: tratar de compensar a Libby y Blade y tratar de acallar su conciencia... ¿Y para qué? ¿Para lograr agradecimiento? ¿Admiración? ¿O la absolución y el privilegio de volver por las noches a una enorme casa vacía? ¿Y volver para qué? ¿Dónde se detenía todo aquello?

Al contemplar mentalmente cómo se desintegraba la casa vacía, salió al pasillo. No vio a quienes se apresuraban para poner al día una noticia ni a quienes lo hacían para llevar unas cintas al departamento de preproducción. No se dio cuenta de nada más que de su error monumental, un error que lo abarcaba todo.

Se había esforzado hasta tal punto por compensar lo que había perdido que, teniendo en cuenta la velocidad a la que Donna se había marchado unos minutos antes, muy bien pudiera haber perdido a la única persona que significaba para él más que cualquier otra cosa. Se sentía profundamente afligido por la muerte de sus padres. Quería a Libby y a Blade, pero su labor con ellos había prácticamente terminado. Debería sentirse libre, pero se sentía vacío. Como la casa en la que vivía. Había sentido ese vacío cuando Donna le había dicho que no serían padres.

Que no sería padre…

Apretó las mandíbulas y echó a andar por el pasillo.

¿A quién trataba de engañar? Al igual que Blade, aquel día no podía trabajar. Tenía que ver a Donna. Estaba seguro de que lo había creído cuando le había hablado de la corrupción de Maeve de Walters; sabía que él no arriesgaría su reputación a menos que tuviera pruebas sólidas que resistieran ser analizadas. Pero como ella había dicho, en el fondo, las actividades ilegales de Maeve de Walters no constituían el problema que había entre ellos. Tenía que hallar el modo de que Donna confiara en él y convencerla de que nunca volvería a ocupar el segundo puesto en su vida.

Tardó media hora en llegar a su casa debido al intenso tráfico. De pie frente a la cama, aspiró el aroma de Donna que aún conservaba la colcha, oyó su risa rebotar por las paredes, pero...

Rodeó la cama.

Había algo que no cuadraba: no veía a Donna con él solo en el presente.

Un reflejo en la mesilla de noche atrajo su atención. Se acercó y sonrió con dulzura: era el reloj de pulsera de Donna. Agarró la joya y acarició con los dedos los eslabones de la cadena mientras trataba de averiguar qué faltaba, cómo solucionar las cosas.

Una hendidura en la cara posterior del reloj le obligó a mirarla. Grabada en el oro estaba la inscripción que había encargado al joyero muchos años atrás, antes de que los problemas hicieran su aparición. Miró fijamente aquellas dos palabras y se concentró en ellas.

Tenía que recuperar aquel tiempo, conseguir que ella volviera.

«Para siempre».

Capítulo Trece

Dos días después, en un restaurante caro de las afueras, Donna se hallaba sentada retorciéndose las manos. Maeve deWalters llegaría de un momento a otro. Aunque la cita no iba a ser agradable, Donna no creía que pudiera superar la angustia que le había producido dejar plantado a Tate.

En vez de disminuir, el dolor se había incrementado. Él no la había seguido, ni siquiera la había llamado para que volviera. Teniendo en cuenta cómo se había comportado en los últimos días, no debería haberse sorprendido.

Con el corazón latiéndole aceleradamente, Donna agarró la servilleta y, de modo distraído, comenzó a enrollársela en los dedos.

Podía vivir sin los abrazos de Tate; también sin su atractiva sonrisa. Pero lo que no podía hacer era vivir sin dignidad. Tate había vuelto a poner sus intereses por delante de los sentimientos de ella. No quería seguir siendo la amante de Tate Bridges, pero, sobre todo, no podía vivir preguntándose cuándo y cómo la volvería a humillar.

Libby le había dicho que Tate era un buen hombre, que lo único que le sucedía era que le costaba entender que hacer lo mejor para las personas a las que quería no implicaba dirigir sus vidas. No importaba si eso era verdad o no. Lo esencial era que continuaba haciéndole daño. Seguirle viendo era aprobar su conducta, y no podría culpar de ello a nadie salvo a sí misma.

Miró por la ventana que daba a la calle y un coche que se acercaba atrajo su atención. Los neumáticos relucientes, la matrícula, el color gris metálico… El coche que estaba aparcando en la acera de enfrente era el descapotable europeo de Tate.

A Donna se le disparó la adrenalina.

Aquello no era una coincidencia. ¿Le había dicho April que ella estaba allí? ¿O era Maeve la persona a la que Tate venía a dar caza?

La sobresaltó una voz afectada.

–Tengo que reconocer –dijo Maeve mientras dejaba su agenda en la mesa– que me alegro de que hayas concertado esta cita.

Con la mente acelerada, Donna miró primero a Maeve y luego el descapotable. Tate se había bajado del coche. Estaba para comérselo con sus pantalones oscuros y su camisa con cuello de puntas abotonadas. La fuerte brisa lo despeinó mientras examinaba los alrededores. A continuación miró el reloj y cerró la puerta del coche.

Donna tragó saliva y volvió a mirar a Maeve.

–Te he llamado para hablar de nuestro acuerdo.

Tenía que acabar deprisa con aquello y salir de allí rápidamente. Lo único que le faltaba era que Tate lanzara una granada en la guarida del zorro.

Maeve, con una expresión de decepción en la cara, se acomodó en la silla.

–Eso es precisamente de lo que quería hablarte

–hizo una seña al camarero que estaba esperando, para que se alejara, y apoyó la barbilla en sus manos avejentadas–. Sin embargo, y aunque me cueste planteártelo, me parece que has estado confraternizando con los Bridges, esos chicos horribles –le brillaban los ojos de color avellana–. Reconocerás que es un pasatiempo poco inteligente.

Por el rabillo del ojo, Donna vio que Tate se metía las gafas de sol en el bolsillo de la camisa y desaparecía por la esquina del edificio.

–¿Cómo…? –Donna hizo una pausa para tragar saliva–. ¿Cómo te has enterado?

Maeve enarcó una ceja.

–Conmigo no se tienen secretos, bonita –se recostó en la silla. No parecía contenta–. Eso cambia nuestra relación, como es natural.

Donna asintió mientras se imaginaba la escena que estaba a punto de producirse.

–Más de lo que supones –le dijo.

Tate se detuvo en la entrada. Su mirada era dura. Donna se quedó petrificada en la silla. Rezó para que no convirtiera aquello en un incidente público.

Después de mirar a su alrededor, Tate se dirigió hacia ellas. Maeve había comenzado a sermonear a Donna, pero esta no había oído ni una palabra. Tate se plantó al lado de la mesa como un caballero empuñando la espada.

Su presencia dominante le produjo a Donna descargas eléctricas en la piel. Aunque hubiera dado lo que fuera para evitarlo, tembló por el deseo de besar la barba incipiente de su mandíbula y de escuchar su hermosa voz al lado de su oreja.

–Hola, Maeve –su voz era profunda y no presagiaba nada bueno.

Maeve dejó de hablar. Parpadeó y se dio la vuelta. Su cara avinagrada se contrajo como las pepitas de una manzana puestas a secar al sol. Por fin, le hizo un gesto con la mano y fingió que estudiaba el menú.

–Váyase, por favor. Nadie lo ha invitado –alzó la vista y dirigió a Donna una mirada acusadora–. A menos que…

Tate hizo caso omiso de sus palabras.

–Esta reunión se ha acabado. Donna no puede seguir adelante con ningún tipo de acuerdo, sea verbal o de otra clase.

Donna casi esperaba que apareciera de pronto un cámara. Sabía cómo funcionaba la mente de Tate cuando se trataba de negocios. Un enfrentamiento como aquel, en el que se jugaba mucho, era una excelente promoción para la audiencia. Sin embargo, por mucho que Tate se empeñara, aquella reunión no tenía nada que ver con él ni con su precioso programa.

Aunque la respiración de Donna era cualquier cosa menos regular, habló en un tono sorprendentemente tranquilo.

–Esto no es asunto tuyo, Tate.

«Lárgate con tu imponente y maravilloso aspecto y tu insufrible *sex appeal*», pensó.

Maeve sonrió con desprecio.

–¿Estamos ensayando para uno de sus seriales televisivos, señor Bridges? ¿Tal vez para *El amor todo lo vence*? –los ojos le brillaban mientras tamborileaba con los dedos sobre el menú–. Veo que es usted tan insolente como su hermano.

141

La expresión de Tate indicó que estaba a punto de estallar ante la afrenta a Blade y a su, en opinión de Maeve, indeseable relación con Kristin.

—Puedes dejar la escoba en cualquier sitio, Maeve. Ya no tienes poder alguno sobre ellos.

A esta le tembló la barbilla y entrecerró los ojos hasta dejarlos convertidos en ranuras. Volvió a dirigirse a Donna.

—Como te decía, poco inteligente —recogió su agenda—. Desde este mismo instante te retiro mi apoyo, y no exclusivamente por el comportamiento grosero del señor Bridges —su tono era de pesar fingido—. Sé que el Colegio de Psicólogos está investigándote por mala conducta profesional.

Donna se iba poniendo progresivamente más colorada según Maeve hablaba, y no porque la estuviera humillando, sino por la ira que sentía.

—En realidad, el Colegio ha decidido que no va a tomar medidas disciplinarias —les había parecido justo y razonable informarla en persona de que quien había presentado los cargos contra ella también lo había hecho contra otros dos profesionales acreditados. Se había demostrado que las acusaciones carecían de base. Al menos, algo había salido bien en aquellas semanas de locura.

Tate le rozó el brazo mientras una sensación de alivio suavizaba su expresión.

—Es una noticia estupenda.

En opinión de Donna, decir que era «estupenda» era quedarse corto. Ya no tenía nada que le pudiera servir de excusa para amenazarla.

Maeve se levantó.

–Todos conocemos el refrán que dice: «Cuando el río suena…».

Tate asintió.

–Sé de un caso al menos en que es verdad.

A Donna se le agotó la paciencia.

–¿Queréis callaros de una vez? –sacó un sobre del bolso–. Maeve, para hacerlo oficial, en esta carta declaro que ya no necesito tu apoyo para mi proyecto.

–¿Me estás despidiendo? –farfulló Maeve mientras comenzaba a temblarle la barbilla–. ¿Cómo te atreves?

Tate se puso al lado de Donna.

–Ahórrate el esfuerzo, Maeve. Muy pronto necesitarás toda la energía de que dispongas.

Donna completó la frase en silencio. Maeve necesitaría todas sus fuerzas cuando las autoridades se enteraran de su sistema de lavado de dinero. Se preguntó qué haría en la cárcel sin su peluquero.

Maeve palideció.

–¿Y eso qué significa?

–Si ves las noticias, lo sabrás –respondió Tate alegremente.

Maeve los miró con expresión calculadora y se fue hecha una furia.

Cuando Tate la miró, Donna se echó a temblar. A pesar de todo, sintió un agradable calor en su interior cuando él le sonrió con los ojos.

–Has elegido correctamente.

Mientras él le acariciaba la barbilla, ella sintió el deseo de apoyarse en su mano. Pero no volvería a cometer el mismo error. Ya se avergonzaba bastante de haberse equivocado dos veces.

Agarró el bolso y se levantó.

–Lo que he hecho nada tiene que ver contigo –al menos no como él creía–. Aunque tus problemas con Maeve sean de tipo personal, no emitirías una historia que no estuviera basada en hechos reales. No soy tan tonta como para anteponer mi orgullo a lo que es mejor para mi fundación.

Se lo debía a Judith y a otras muchas mujeres desconocidas que un día necesitarían un refugio.

Tate le dio un tironcito de la oreja.

–Sé de buena fuente que la historia de Maeve se emitirá al final de esta semana. Será el departamento de Informativos quien la cubrirá, pero, por desgracia, es un poco pronto para que nuestro programa, en su debut, pueda competir.

A Donna se le contrajo el corazón.

–Esa historia significaba mucho para ti.

Tate se encogió de hombros.

–Ya habrá otras.

Mientras Donna asimilaba lo que acababa de oír, deseó que se la tragara la tierra. Para Tate, cientos de nuevas historias siempre significarían más que ella. Se había acabado que siguiera pisoteando sus sentimientos. Necesitaba a alguien que la tuviera en la suficiente consideración como para hablar con ella de asuntos importantes, no a un hombre que monopolizara las riendas, tomara todas las decisiones y estuviera orgulloso de ello.

Se mordió los labios para disimular el dolor que sentía y se levantó.

–Tengo que irme. Buena suerte, Tate.

Echó a andar y sintió que él la seguía.

–¿Tienes una cita?

En la barra, ella pagó la cuenta.

–No es asunto tuyo.

–Me gustaría que lo fuera.

La invadió una inesperada y mal recibida excitación, pero se mantuvo firme.

–Y a mí me gustaría que nos siguiéramos comportando como personas civilizadas. Perdona.

Siguió andando hasta la puerta y salió a la calle, donde hacía mucho bochorno. Desde el este avanzaban nubes de tormenta.

Tate se puso a su lado.

–Tengo que enseñarte una cosa.

Ella centró su atención en el tráfico y divisó un taxi. Se acercó a la calzada.

–No me interesa.

Él le cortó el paso.

–Donna... lo siento.

Una emoción desbordada, rápida y cruel, le estranguló el corazón. Suspiró.

–Aunque te creyera, Tate, ¿no te das cuenta de que es muy tarde para pedir disculpas? Lo que compartimos no podía durar. Es evidente que no te quieres comprometer, y ahora soy yo la que cree que no deberías hacerlo –él trató de interrumpirla, pero ella levantó la mano–. Tienes a tu familia y tu trabajo. Con eso te basta. Estoy segura de que no tendrás problemas para encontrar a alguien que te caliente la cama.

El taxi se detuvo. Donna rodeó a Tate y trató de subir al vehículo, pero él le volvió a cortar el paso.

–¿Sabes por qué se peleó Blade la noche de nuestra fiesta de compromiso?

Donna se quedó sin respiración. ¿Por qué demonios sacaba eso ahora?

Estiró la mano para agarrar el picaporte de la puerta.

—No necesito saberlo.

—Esa noche, un amigo de Blade se lo estaba pasando bomba difamándote.

Ella oyó las palabras, pero no las entendió. Confundida, negó lentamente con la cabeza.

—¿De qué hablas?

Tate golpeó el techo del taxi para que se fuera. Luego se aproximó a ella.

—¿Te acuerdas de que durante una barbacoa en el Día de Australia hablaste a Libby, Blade y a un amigo suyo de cuando vivías con una familia de acogida?

Hacía tanto tiempo de aquello... Se habían reído y hablado mucho, y ella tuvo la imperiosa necesidad de divulgar su pasado, de conectar con ellos y formar parte de su círculo, de su familia.

Asintió.

—Lo recuerdo.

—Al final de la tarde del día de nuestra fiesta de compromiso, Blade y unos amigos de la universidad fueron a tomar algo y hablaron de si Blade y Kristin hacían buena pareja. Coincidieron en que Maeve debería estar contenta de que su hija hubiera encontrado semejante partido. Entonces, ese amigo que había estado en la barbacoa... —Tate apretó las mandíbulas como si estuviera debatiéndose entre continuar o no hacerlo. Bajó la voz—. El amigo de Blade se pasó mucho tiempo perorando sobre la forma en la que el agua hallaba su nivel adecuado de modo natural. Dijo que

146

Kristin y Blade pertenecían a la misma clase social, pero que no entendía por qué yo me interesaba por ti, por alguien a quien habían abandonado en las escaleras de una iglesia y no tenía familia ni linaje –Tate parpadeó–. Blade me contó que su amigo había dicho que eras un cachorro perdido y famélico en busca de un hogar.

Donna sintió un ligero mareo. Qué cruel era oír aquellas palabras… y, sin embargo, era exactamente así como se había sentido, aunque nunca se había dado cuenta tan claramente como en aquel momento. Por aquel entonces no se sentía aceptada en ningún sitio y en muchos aspectos seguía experimentando lo mismo.

Suspiró y miró a Tate a los ojos.

–Así que Blade le pegó.

–No disculpo su comportamiento –dijo él mientras la tomaba del brazo y echaban a andar–. Pero sé que Blade le dijo a su amigo que eras una dama, y la más amable que había conocido; que le habías dicho que si alguna vez necesitaba a alguien con quien hablar, siempre estarías a su disposición.

Llegaron al coche de Tate. Este le agarró ambas manos mirándola de frente.

–Ese chico no dejaba de tomar el pelo a Blade. Eso, unido a los problemas con Kristin, hizo que estallara. El padre del chico era un policía jubilado. Tuve que pedir algunos favores importantes aquella noche.

Donna cerró los ojos con fuerza.

–¿Por qué no me lo dijiste?

–Decidí que te llamaría más tarde con la esperanza de que todo se resolviera rápidamente. Cuando lo hice, no contestaste a mis llamadas. Al día siguiente, lo único que me dijiste fue que habíamos terminado. A medida que el tiempo fue pasando, me pareció que preocuparte con esos detalles no iba a cambiar las cosas.

Ella sintió que la cabeza le daba vueltas.

–Después de todos estos años, resulta que Blade solo me estaba protegiendo.

Pero si entonces hubiera sabido lo que pasó, ¿habría cambiado su decisión de dejar de ver a Tate? A pesar de lo desgarrador de su confesión, no estaba segura de que lo hubiera hecho. Muchas veces antes de ese episodio él había puesto a sus hermanos y su trabajo por delante de ella. Su ausencia de aquella noche fue la gota que hizo rebosar el vaso.

Siempre había una buena razón que justificaba las acciones de Tate. Lo que a ella le dolía era su incapacidad para darse cuenta de que merecía que la tratara con respeto en vez de relegarla al último puesto. Ella no podía continuar así, sin saber exactamente dónde o cómo encajaría en sus planes.

Tate abrió la puerta del copiloto y le puso la mano en la espalda.

–Ven conmigo. Hay más cosas que debes saber.

Capítulo Catorce

Donna no estaba segura de hasta dónde irían en el coche. Sintió el aire frío alborotándole el pelo y vio el cielo cubierto de nubes de tormenta. Y supo que Tate, poderoso en el asiento del conductor mientras aceleraba, disminuía la velocidad o cambiaba de marcha, era, como siempre, el que mandaba.

Al tomar una curva, examinó su fuerte mandíbula, que parecía esculpida en piedra. La invadieron oleadas de puro deseo, entremezcladas con miedo. Había cometido errores terribles. ¿Estaría cometiendo otro?

Cuando le había pedido que lo acompañara en el coche, todo en su interior se había opuesto. Pero él le había dicho que había más cosas que debía saber. A la luz de lo que por fin acababa de enterarse, no descansaría hasta saberlo todo.

El coche giró para tomar un tranquilo camino sin salida que iba a dar a una playa desierta. Cuando se detuvo, comenzaron a caer frías gotas en el regazo de Donna. Sintió en la cara y los brazos las rachas de viento helado de la tormenta que se avecinaba.

Tate bajó del coche y le abrió la puerta, pero ella vaciló ante su mano tendida que conocía tan bien como la suya propia.

–No es el mejor día para pasear.

Él frunció el ceño.

–Tienes razón. Está a punto de ponerse a diluviar. Vamos a buscar un sitio para refugiarnos.

Antes de que ella pudiera proponerle que pusiera la capota y se fueran, la tomó de la mano. Mientras su calor, que tan bien conocía, la invadía y hacía que sus defensas se tambalearan, la condujo hasta una valla pintada de azul turquesa. Sin detenerse, la empujó.

Donna observó los jardines y la elegante mansión de construcción típica de Queensland que había ante ellos, y tiró de él hacia atrás.

–No debemos molestar a nadie.

Palmeras de todas las especies se mecían impulsadas por el viento alrededor de la enorme galería. No había otra casa en kilómetros a la redonda.

–Es evidente que quien vive aquí desea proteger su intimidad –dijo ella mientras la lluvia arreciaba y las gotas resonaban al caer sobre el tejado. Volvió a tirar de él–. Vamos a volver al coche.

Una sonrisa iluminó la cara de Tate al mirar las amplias escaleras del porche y la puerta principal pintada de blanco y azul turquesa.

–Me parece un sitio muy acogedor –dijo.

Movida por el fuerte viento, sonó una campana que estaba colgada encima de la puerta, y un delicioso olor afrutado llenó los pulmones de Donna. Desde detrás de un frangipani en flor, divisó otro árbol repleto de fruta madura.

Eran mangos.

Cuando él la condujo hasta el patio, lo siguió sin oponer resistencia.

Él le indicó una ligera pendiente llena de flores de todos los colores.

–Eso es algo que no se ve todos los días.

Ella se sujetó el pelo para que el viento no se lo echara a la cara y observó el reloj de sol construido en piedra y leyó las dos palabras que formaban las rosas rojas que cubrían la tierra y parecían recién plantadas. Los pétalos parecían aumentar de tamaño y brillar con más intensidad cuanto más los miraba. Con el corazón acelerado, no pudo por menos que murmurar las palabras.

«Para siempre».

Su reloj de pulsera… la inscripción.

Se le hizo un nudo en el estómago. ¿Qué significaban aquellas palabras allí, aquel día, en ese hermoso parterre barrido por el viento?

Temerosa de preguntar, pero impulsada a hacerlo por la curiosidad, alzó la vista y miró a Tate a los ojos.

–No entiendo.

–Estaba equivocado, Donna. He sido un arrogante y un estúpido

Finalmente, ella cayó en la cuenta.

–Esta casa es tuya, ¿verdad?

–No, es nuestra casa.

Ella se mordió los labios y se separó de él.

–No me hagas esto, por favor. Tal vez parezca muy romántico, pero en el fondo no significa nada. Sé quién eres y que no cambiarás –Tate solo estaba contento cuando lo controlaba todo, y ella no podía soportarlo más.

–La gente es capaz de cambiar; si no, estarías en paro.

En opinión de Donna, Tate tergiversaba las cosas.

–Eso es distinto.

–¿Solo porque después del incidente con Maeve deWalters no quieres volver a arriesgarte conmigo?

–Es más complicado. Me has demostrado repetidas veces que haces lo que te parece bien sin considerar lo que otros o yo podamos pensar. En un drama de época puede que sea heroico, pero en la vida real no funciona. Ni siquiera me respetas lo suficiente como para responderme cuando te pregunto, como lo he hecho últimamente, por nuestro futuro. Es evidente lo que quieres de mí, y no es casarte ni, desde luego, tener hijos –la voz se le quebró al pronunciar la última palabra.

Él tardó unos instantes en contestar.

–Blade va a hacerse cargo del nuevo programa. Ayer firmé los papeles. De ahora en adelante, es responsabilidad suya.

Ella negó con la cabeza. El programa significaba demasiado para Tate: no se lo iba a dar a otro.

–No me lo creo.

–De hecho, Blade ya es director ejecutivo adjunto.

Donna parpadeó. Tate jamás delegaría tal cantidad de control.

Pareció que él le había leído el pensamiento.

–Al principio creí que me resultaría difícil delegar, pero, en realidad, me sentí tan bien que llamé a Libby para sacarla de la producción de programas infantiles y ascenderla con el fin de que comparta la responsabilidad conmigo. Estaba entusiasmada. Por mi parte, voy a tomarme un descanso indefinido. Desde este momento, mi única y principal preocupación eres tú.

Donna no lo creía, a pesar de lo mucho que lo deseaba.

–Si es verdad lo que dices, me alegro de que te sientas lo suficientemente seguro como para compartir el trabajo de la cadena con tus hermanos. Pero si esto es una treta para lograr que vuelva a meterme en tu cama, has pasado una cosa por alto. No quiero seguir con esta relación. No voy a ser tu amante ni un solo día ni, desde luego, para siempre.

–Lo que me recuerda el parterre de flores –le rodeó la cintura con el brazo y comenzaron a subir la cuesta–. Cuando veas la mitad superior lo entenderás.

Lo interrogó con la mirada y luego volvió a mirar el jardín. Por encima del «para siempre», por encima del reloj de sol, las flores formaban una petición: unas palabras que le provocaron un nudo en la garganta y la llenaron de incredulidad y de una aterradora esperanza.

La voz de Tate retumbó suavemente como los truenos sobre sus cabezas.

–¿Quieres que te lo lea?

Una gota mojó a Donna la punta de la nariz, mientras con la vista fija en las flores, apretaba los labios e, incapaz de hablar, asentía rápidamente.

Su vista borrosa recorrió cada palabra mientras él la atraía hacia sí.

–Cásate conmigo –le murmuró.

Se volvió hacia él y ocultó el rostro ardiente en su pecho. Él la abrazó de inmediato.

–Compré esta casa ayer –dijo él–. Me pareció que podríamos vivir aquí… tú, yo… nuestros hijos.

Él le sostuvo la cabeza con la mano mientras su boca descendía hasta casi tocarle los labios.

–Perdóname, Donna. Sé mi esposa.

A ella se le escapó una lágrima.

–¿Quieres tener hijos?

Su sonrisa amorosa la envolvió por entero.

–Creo que lo supe aquella noche, cuando me di cuenta de que no habíamos usado protección, aunque no estaba preparado para reconocerlo. Te quiero, Donna y quiero dedicarte el resto de mi vida –y reclamó el beso que ella, en secreto, llevaba todo el día queriendo entregarle.

Mientras la apretaba contra sí, el mundo desapareció, y Donna creyó que flotaba en una nube. La invadió un aluvión de sensaciones, un deseo que la aturdía. Cuando él se separó lentamente y ella volvió a sentir la tierra bajo sus vacilantes pies, la mente se le aclaró lo suficiente como para volverlo a interrogar.

–¿Estás totalmente seguro?

–¿Sobre lo de fundar una familia? –examinó su rostro con alegría–. Al cien por cien. Siento haber tardado tanto en darme cuenta. Lo cierto es que estaba preocupado por causarte una decepción, por cometer un error fatal y ser incapaz de compensarte por ello. Pero no voy a consentir que esa forma de pensar vuelva a interponerse entre nosotros. Quiero ser parte de ti, sentirme completo contigo… si me aceptas.

–¿Quieres ser padre?

Tate sonrió de oreja a oreja.

–Voy a tirar el teléfono móvil, a tener un barco anclado a la puerta de casa y a enseñar a mi hijo a pescar, que es lo que siempre deseé que mi padre me enseñara.

–¿Y si tienes una hija?

–Estoy seguro de que una niña es capaz de aprender a lanzar la caña –la besó en la nariz–. Sea niño o niña, uno o más de cada, estaré contento.

Ella recurrió a todo su valor y fe.

–Me alegro, porque cuando te dije que no estaba, en realidad lo estaba. Mejor dicho, lo estoy… embarazada –por fin pronunció la palabra.

Él la tomó en brazos y comenzaron a dar vueltas. Cuando pararon, ella se estaba riendo y él parecía tener el mundo a sus pies.

Tate inspiró profundamente.

–Voy a ser padre.

Ella asintió.

–Vamos a formar una familia.

Con una inmensa sonrisa, ella volvió a asentir.

–Pero todavía no has contestado a mi pregunta. Donna, te quiero.

Su respuesta fue la mayor verdad que había dicho en su vida.

–Yo también te quiero.

–¿Quieres casarte conmigo?

Ella lo miró a los ojos. Sí, él deseaba casarse tanto como ella, pero su mirada expresaba mucho más. Tate no había cambiado, simplemente había recuperado una parte de sí que había perdido hacía mucho tiempo: el Tate de antes del accidente de sus padres, el de antes de que se sintiera obligado a ser más y a dar más de lo que nadie esperaba. Ella observó esa conciencia brillando en sus ojos y supo que el hombre que le había propuesto matrimonio ese día sería el mejor marido y el mejor padre que pudiera encontrar.

A pesar de todo, no pudo evitar burlarse un poco de él.

Aún en sus brazos, le acarició la mandíbula con el dedo.

–Me casaré contigo con una condición.

Tate observó su expresión y enarcó una ceja.

–Ya veo… un ultimátum. ¿Quieres una donación para tu fundación? Eso está hecho.

Radiante de felicidad, ella negó con la cabeza.

–Gracias, pero no es eso.

Él alzó la barbilla.

–Pues veamos qué es –dijo siguiéndole el juego.

Ella frunció la nariz.

–No estoy segura. Estamos al aire libre.

Los ojos sonrientes de Tate le transmitieron confianza.

–Somos los únicos que estamos aquí. Te prometo que estás a salvo.

–Sería mejor que entráramos –ella sonrió–. ¿Me dejas que te tiente?

–Siempre –murmuró él.

Mientras la lluvia caía sobre ellos, sus bocas se volvieron a fundir en un beso y Donna supo en el fondo de su corazón que, por fin, había hallado un hogar.

Esposa olvidada

Brenda Jackson

Tras una separación forzosa de cinco años, Brisbane West- moreland estaba dispuesto a recuperar a su esposa, Crystal Newsome. Lo que no se espe- raba era encontrarse con que una organización mafiosa es- taba intentando secuestrarla. Crystal, una brillante y hermosa científica, no podía perdonarle a Bane que se casara con ella para después desaparecer de su vida, pero estaba en peligro y necesitaba su protección.

¿Podría mantenerla a salvo y convencerla
para que le diera una segunda oportunidad?

¡YA EN TU PUNTO DE VENTA!

Bianca

El único hombre al que odiaba...era el único hombre al que no podía resistirse

Sandro Roselli, rey de los circuitos de carreras de coches, era capaz de lograr que los latidos del corazón de Charlotte Warrington se aceleraran cada vez que lo veía, pero ocultaba algo sobre la muerte de su hermano. Sandro le había ofrecido un trabajo y Charlotte lo aceptó, decidida a descubrir su secreto.

Sin embargo, la vida a toda máquina con Sandro podía resultar peligrosa. El irresistible italiano estaba haciendo que sus sentidos enloquecieran, pero ¿podría sobrevivir su aventura a la oscura verdad que ocultaba?

LAS CARICIAS DE SU ENEMIGO
RACHAEL THOMAS

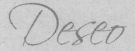

Treinta días juntos

Andrea Laurence

Amelia y Tyler, amigos íntimos, se habían casado en Las Vegas por capricho. Pero antes de que pudieran divorciarse, ella le confesó que estaba embarazada, por lo que Tyler no estaba dispuesto a consentir que cada uno siguiera su camino.

Amelia siempre había soñado con un matrimonio perfecto y no creía que aquel millonario fuera el hombre de su vida, a pesar de la amistad que los unía. Sin embargo, le dio un mes para que le demostrara que estaba equivocada.

Tenía treinta días para demostrarle
que era el marido perfecto